एक प्याली इश्क़

विवेक कुमार सिंह

KAVYA
PUBLICATIONS

Publisher:

SDR INNOWAYS INDIA PVT. LTD.
667, Rajaward, Kulpahar, Mahoba - 210426

Imprint:
KAVYA PUBLICATIONS
Plot No.107C, Hanuman Khand, Gulabvatika, Behta Hazipur, Loni-UP (Near Dilshad Garden Delhi) NCR -201102

Mob. : 7905266820
Website : www.kavyapublications.com
E-Mail : info@kavyapublications.com

ISBN : 978-93-6431-543-2

Year : 2026

This book is printed at MTL and published by author Ajay Agrawal, CEO of SDR Innoways India Pvt. Ltd. Kulpahar Mahoba with its imprint and centre, Kavya Publications Delhi.

वृन्दावनेश्वरी राधा कृष्णो वृन्दावनेश्वरः।
जीवनेन धने नित्यं राधाकृष्णगतिर्मम॥

अर्थः

श्री राधारानी वृन्दावन की स्वामिनी हैं और
भगवान श्रीकृष्ण वृन्दावन के स्वामी हैं,
इसलिए मेरे जीवन का प्रत्येक क्षण
श्रीराधा-कृष्ण के आश्रय में व्यतीत हो॥

राधे राधे

एक उम्र से मैं खुद की तलाश कर रहा हूं ॥

माँ के लिए

उन्होंने ने मुझे एक इंसान बनाया

पापा के लिए

उन्होंने ने मुझे इश्क़ की परिभाषा बताया

अंजलि (मेरी धममपत्नी) के लिए

मेरी पहली आलोचक

नवीन भैय्या (नवीन पी कुमार) के लिए

उन्होंने मेरा हौसला बढाया

जीजाजी और दीदी के लिए

उन्होंने मुझे रिश्तों की मिठास सिखाया

और हर वक्त मेरे दुख में मेरे साथ खड़े रहे

राजीव मामा के लिए

उन्होंने मुझे लिखने के लिए प्रेरित किया

सासू मां और ससुर जी (पापाजी) के लिए

उन्होंने दिल खोल के जीना सिखाया

सोनाली के लिए

उन्होंने मुझे अपनी कविताओं को एक पुस्तक का रूप देने के लिए प्रेरित किया

डॉक्टर साहब (डॉक्टर नित्यानंद) के लिए

उन्होंने मुझे समझा, मेरी बीमारी में मेरा सहारा बने, एक रहने को आसरा दिया और हमेशा मुझे सुरक्षित महसूस करवाया

निधि (गोलू) के लिए

उन्होंने बिना कुछ शिकायत किए, जबरदस्ती मेरी बकवास कविताएं सुनती रहती है

छोटू और छोटी के लिए

जो ख़ामोशी से मेरा साथ देते रहे

चाचा, चाची, भाईजी और भाभी के लिए

मेरा ताकत

सुमन के लिए

मेरा ढाल

किट्टू, अम्बर और अंशु के लिए

उन्होंने अपनी मासुमियत से मुझे अपने बचपन के दिन को मेरे आंखों के सामने जीवन्त कर दिया

नाना जी, दादी, बुआ, फूफा, मामा, मामी, मोहित , हनी, मेघा, अंतरा, मिष्टी, अंकुर ,नंदिनी, आदर्श, राजा, नान्हो, अर्णव के लिए

उन्होंने जो मुझसे बेइंतहां इश्क़ करते है

भूमिका

लेखक होना एक बदहवाश, बेचैन, और अशांत हृदय वाला मनुष्य होना है। एक अनचाही सी बेचैनी, एक तड़प, एक छटपटाहट के साथ चलने वाली ज़िंदगी है। क्या यह इश्क़ की तड़प है या जीवन से मिले अनगिनत दुख हैं..??

लेखक वो ही होता है जो या तो इश्क़ में रहता है या फिर दुखों के पहाड़ से घिरा हुआ। कहते है जहां इश्क़ हैं वहां ईश्वर है। ईश्वर इतना दयालु हैं कि उसने जीवन के रहस्य को समझाने के लिए हमारे दिल को इश्क़ की एक प्याली पिलाई।

कविता किसी कीचड़ भरे जलधारा में खिले एक कमल का पुष्प है। हर किसी के लिए इश्क़ की यात्रा एक अलग अनुभव है, और ये अनुभव से हम कभी मायूश होते हैं, कभी मुस्कुराते हैं, कभी रोते है तो कभी हंसते है।

ये इश्क़ की यात्रा में कोई सागर पार कर जाता है तो कोई इस पार खड़े अपने इश्क़ को निहारते रहता है।।

"हर किसी का इश्क़ मुकम्मल हो ये जरूरी तो नहीं..."

यह कमल पुष्प पर हक़ सिर्फ एक लेखक का नहीं होता, अनगिनत लोगों का ये पुष्प हो जाता है जो इस कविता के साथ खुद को जोड़ पाते हैं। एक कवि वह पुष्प लगाता जरूर है, उसे खिलते देखता है पर उस पुष्प को अपना कहना एक बेइमानी होगी।

"एक प्याली इश्क" कुछ टुकड़ों में लिखी एक कविता संग्रह है। मैं इन्हें अपने जीवन के नाम लिखे " इश्क़ की प्याली कहूंगा", उस प्याली में कूटा हुआ दर्द है, पीसा हुआ शक्कर है, खौलता हुआ खुशी है, भूरे रंग का जीवन रंग है और दूध से चाय बनने के सफ़र में अपना अस्तित्व अपने महबूब के नाम करना है।

इस संग्रह में उदासी है, विरह है, मिलन है, कला है, बलिदान है और ढेर सारा इश्क़ हैं। जैसे जीवन कुछ खोने और पाने के बीच मिलता है, जैसे ज़िंदगी निराशा और आशा के बीच एक मद्धम सा कुछ पा लेने का सुख है, ठीक वैसे ही ये कविता इश्क़ के टुकड़े को उल्लास और नैराश्य के बीच कहीं मिलती है।

इनका मिलना इश्क़ से मिलना होगा, इनको पढते वक्त आपके जहन में कभी कुछ प्रश्न आयेंगे, कभी होंठो पे भींगी मुस्कान आएगी तो कभी आंखों में नमकीन पानी।

ये किताब मेरी इश्क़ की एक जीवन यात्रा है, आशा करते है कि इस यात्रा में आप सब मेरे साथ होंगे और मेरे इश्क़ में आप खुद के इश्क़ को महसूस कर पाएंगे और उनसे मिलने की तड़प आपको भी होगी जैसे मुझे होती है।

प्रिय...

एक छोटा सा ख्वाब मेरा है...

एक हसीन रात हो,

चांद और सितारें साथ हो,

जुगनुओ की बारात हो...

और हम दोनों सिर्फ साथ हो...

हसीन मौसम और तुम्हारा संग हो...

हाथों में हाथ और ढेर सारी बातें हो...

और कुछ नहीं

बस एक प्याली इश्क़ हो ❤"

मैं क्यो लिखता हूं..???

मैं तब लिखता हूं जब मैं बहुत खुश या दुखी होता हूं ..
मैं अपने घावों के बारे में लिखता हूं "नए पुराने घाव"।।
मैं अपने इश्क़ के बारे में लिखता हूं ,
वो इश्क़ जिसपे सिर्फ़ तुम्हारा हक़ है।।
मैं तब लिखता हूं जब मेरे पास
साझा करने के लिए बहुत सारी बातें होती है
पर उसे सुनने के लिए किसी के पास भी
फुर्सत का समय नही होता है।।
मैं तब लिखता हूं जब मैं बहुत अकेला महसूस करता हूं ,
मैं तब अपनी तैयार मुस्कुराहट के साथ लिखता हूं।
मैं तब लिखता हूं जब मेरा मन इश्क़ के शक्कर में घुल जाता है,
और मैं उसे सबके साथ साझा करना चाहता हूं।
मैं अपनी हृदय की आवाज़ को साझा करने के लिए लिखता हूं।
मैं लिखता हूं क्योंकि मुझे लिखना अच्छा महसूस कराता है।
मैं लिखता हूं क्योंकि मुझे लिखने से इश्क़ है।।

प्रेम:

निस्वार्थ भाव की भावना है जो दो आत्माओं के बीच पनपती है।।

प्रेम का असली अर्थ त्याग है ।।

प्रेम में समय का कोई मूल्य ही नही होता है,

प्रेमी के सानिध्य में कब समय व्यतीत हो जाता है पता ही नहीं चलता।।

प्रेम यानी समर्पण, एक दूसरे के प्रति निष्ठा, आदर, करुणा , प्रीति और प्रतीक्षा..

प्रेम को कुछ शब्दों में पिरोना बहुत ही कठिन कार्य है।।

संक्षेप में कहूं तो प्रेम यानी "ईश्वर" है..

मेरी पहली कविता प्रेम के प्रतीक श्री राधे कृष्ण को समर्पित

मैं तो रंग गया श्याम के रंग,

अब और कोई रंग ना चढेगा किसी के संग।।

श्याम की धुन ऐसी लगी,

हो गई मैं बावड़ी।।

सुध बुध गवा के,

सब कुछ भूल के,

बन गई जोगन मैं श्याम के।।

इसको रिझाने को,

ना जाने कितना प्रयत्न किया,

गाया, रोया, नाचा खुद को सौंप दीया।।

इनकी महलों में रहूं मैं चाकर बन,

इनकी चाकरी करू

ऐसा सौभाग्य दे दो मेरे ईश्वर।।

इनकी भक्ति में जो रस मिला,

वो आनंद आज तक कहीं कहां मिला।।

थिरकूं श्याम के बंशी के धुन पे,

होश हवाश गवां बैठूं

बस इनकी एक मधुर स्वर पे,

श्याम श्याम रटता फिरूं ,

और ना कुछ याद रहे मुझे,

श्याम का हो जाऊं मैं,
बस इतना रहम कर दे तू मुझपे।।
श्याम के रंग में रंगा
काले रंग से सजा रहूं ।।
बस यही एक ख्वाब है मेरा,
जिसको मैं जीता रहूं ।।
श्याम की धुन पे,
गोपियों संग मैं नाचूं , थिरकुं ऐसे,
पायल की घुंघरू भी टूट जाए
आज बस मेरे संग राधे कृष्ण का हो के।।
जो श्याम का हो गया,
वो सब कुछ पा लिया,
जो श्याम के प्रेम में पागल हो गया,
वो भक्ति को जान गया।।
जो श्याम के सामने नाच लिया,
वो दुनिया को दिखा गया..
भक्ति करो तो ऐसी करो,
छोड़ के लाज शरम बस श्याम के हो जाओ...
राधे राधे

अनुक्रम

संगम

संगम दो दिलों का,

दो आत्माओं का।।

दो व्यवहारों का,

दो संस्कारों का।।

अलकनंदा मिली भागीरथी से,

दूर से चल के आई और

मिलते ही थकान को छूगूंतर कर डाली।।

एक शांत एक तूफ़ान,

दोनों के अलग अलग मिजाज।।

मिल बैठे खो गए एक दूसरे में,

समा गए एक दूजे में।।

ना स्वयं की चिंता,

ना आत्मसम्मान का बहाना,

बस आलिंगन कर खो गए प्रेम में।।

अपना अस्तित्व मिटा के,

लिखा एक प्रेम का महाअध्याय...

"संगम"

दोनों के संगम से निकली एक पवित्र धारा,

"गंगा"

पतित पावनी गंगा..

अलकनंदा और भागीरथी की गंगा,

उनके संगम की प्रेमगंगा ..।।

उनके प्रेम कथा की शांत गंगा।।

प्रेम में अस्तित्व कहा होता है।।

और जहां अपने अस्तित्व की युद्ध हो

वहां प्रेम नही बस छल ही रहता है।।

प्रेम में तो प्रेमी के अस्तित्व में विलीन हो के

एक नई गाथा का आरंभ होता है..

"महागाथा.."

लोककल्याण और प्रेम की पवित्रता को समझाने

आती है अलकनंदा और भागीरथी की

"गंगा"

हमारा प्रेम भी कुछ इस तरह ही है..

दानों के व्यवहार अलग अलग,

तुम तेज रफ्तार का वेग लिए,

और मैं उस वेग में बहता प्रिय...

फिर भी है संग संग हर क्षण प्रति पल प्रिय..

बिना कोई शर्त के बिना कोई शिकायत के..

एक नया अध्याय लिखने को

सज्ज हो रही है हमारी प्रेम कहानी प्रिय..

जीवन मरण से परे,

स्वयं से ऊपर,

बस होंठों पे सिर्फ "तुम"

सिर्फ "तुम्हारा" नाम प्रिय...

ऊन की उलझन

हमारा इश्क़ कुछ इश्कियां की तरह है..
कुछ उधेड़बुन तो कुछ सीधा सपाट है..।।
हमारा इश्क़ कुछ अलग है।।
शरद रातों में कंबल की गर्मी,
ये गर्माहट ही हमारा इश्क़ है।।
कोहरे से ढका शहर,
और उस कोहरे को चीरते हुए
सूरज की हल्की किरण..
हमारा इश्क़ भी तो वही किरण है,
जो सारी प्रतिकूल व्यवस्थाओं को चीरते हुए उदय होता है।
ठंड से कंपकपाता तन बदन,
और उसे राहत देता ऊन का स्वेटर,
हमारा इश्क़ भी ऊन के स्वेटर जैसा ही तो है,
जो हमें हर लम्हा हल्की सी गर्माहट देते रहता है।
रंग बिरंगे ऊन की लड़ी,
और उन ऊनों का आपस में उलझ जाना,
और फिर उलझ के एक नया स्वरूप को पाना।
हमारा इश्क़ भी उन उलझे ऊनों की तरह है,
जो आपस में उलझ के
कभी नही सुलझते है,

और कुछ वक्त बाद

एक नया अस्तित्व में तब्दील हो जाते है।

हमारा इश्क़ कुछ अलग तरह का है।।

हमारा इश्क़ हमारे तरह है।।

हमारा इश्क़ सिर्फ़ हमारा है।।

तुम्हारा होने वाला इश्क़

मुझे मोहब्बत वाला नहीं,
दिसंबर का ठंड वाला इश्क़ चाहिए।।
मुझे आसानी से बदन की छुवन वाला इश्क़ नही,
बल्कि स्वेटर की पड़त वाला इश्क़ चाहिए।
मुझे खुले बालों वाला नही,
बल्कि मेरी छुअन से तुम्हारे रोंगटे खड़े होने वाला इश्क़ चाहिए।
मुझे बरसात वाला नही,
ठड में जमी बरफ़ वाला इश्क़ चाहिए।
मुझे फिसलती रेत वाला नही,
गांव के गीली मिट्टी वाला इश्क़ चाहिए ।।
जिसे मैं पकड़ सकूं ,
महसूस कर सकूं ,
अपने हाथों के स्पर्श से उसे आकार दे सकूं ।।
मुझे ऐसा वैसा वाला इश्क़ नही चाहिए।
मुझे तो छोटे घरों के
मिट्टी के आंगन वाला इश्क़ चाहिए।।
मुझे बड़े घर के कंबल वाला इश्क़ नहीं,
बल्कि रजाई में एक दूजे के
बदन की गर्माहट वाला इश्क़ चाहिए।।
मुझे तुम्हे पाने वाला नही,
बल्कि तुम्हारा मेरा होने वाला इश्क़ चाहिए।
मुझे बस तुम्हारा होने वाला इश्क़ चाहिए।।

इश्क़ में झूमना

वो बारिशों के साथ खेल रही थी

और मै...

मैं उसको देख रहा था..

बारिशों की आवाज़ और

साथ में उसकी पाजेब की मीठी सी कारवां...

दोनों संग संग जैसे आँगन में नाच रही हो आज...

ऊपर वो काली बदरी

झूम झूम के घटा बरसा रही थी

और नीचे ज़मीं पर मेरी महबूबा,

काली साड़ी में मेरी झल्ली

थिड़क थिड़क के नाच रही थी...

जैसे मोरनी नाच रही हो बारिश के पहले...

वो सकुचा रही थी,

झूम रही थी,

और इधर मेरा दिल हिंडोले किए जा रहा था,

बस उसका होते जा रहा था...

तुम्हारा साथ होना

मैंने कहा,
मुझे तुम्हारे साथ रहना है,
और वो साथ हर हाल में रहना है...
तुमने कहा,
तुम इन बंद खिड़कियों की ओट से देखती हो संसार,
मैने कहा आओ तुम्हे दूर क्षितिज पे ले जाऊं
और दिखाऊँ तुम्हे ये थोड़ी सुन्दर,
थोड़ी बदसूरत सी जहाँ ॥
तुमने कहा,
बहुत बंदिशें है तुम्हारे संग,
मैने कहा,
उन बंदिशों को तोड़ते हुए चलेंगे हम संग,
रशमों की दीवारों को अब लांघ देंगे हम ॥
तुम थोड़ा घबराई और
झुकी पलकों से कहा,
"क्या ये मुमकिन है हमारा साथ..."
मैने कहा हर हाल में जरूरत है मुझे तुम्हारा साथ.. .

तुम्हे लिखता हूँ

तुझे लिखता हूं और
तुझे दिलों जहां से ज्यादा चाहता हूं ..
तुझे कविताओं से सजाता हूं ,
और नज्मों से इश्क को संवारता हूं ...
तेरी खुली जुल्फों के साए में
मैं खो जाता हूं ,
नर्म होंठों की गर्माहट में मैं पिघल जाता हूं ...
तेरी हर बात लिखता हूं ,
और इश्क़ की खता मैं दिन ब दिन करते जाता हूं ...
तुझे पढने के लिए किसी को इजाजत नही,
तू कोहिनूर सी बेशकीमती
जो सिर्फ मेरे लबों पे सजती हो...
तुम्हे मैं हर पल लिखता हूं ,
और तेरे दिल की धड़कनों को सुनता हूं ...
तेरे आगोश में आने को मचलता हूं ,
और जो पास आऊं तो
घबड़ा के भाग जाता हूं ...
मैं तुझे दिलों जान से ज्यादा चाहता हूं ,
और ये बात आज मैं तुझसे कहता हूं ...
मैं तुमसे बेइंतेहा इश्क़ करता हूं....

बातें

आओ आज थोड़ी बातें करते हैं...

जहा छोड़ा था हमने अपना साथ,

आज वही साथ होते है...

सपनों से जो सजाई थी अपनी सुंदर दुनिया,

आओ उसे मिलकर मुकम्मल करते है...

आओ आज थोड़ी सी बातें करते है...

हाथों से जो रेत की तरह फिसल गई थी हमारी कारवां,

आओ आज उनको जीते है....

थोड़ी बातें करते है और

फिर तुम चले जाना,

मैं रोकूंगा नही,

टोकूंगा नही,

तुम्हे जाने दूं गा...

आओ मिलते है हम उसी जगह पे

जहा हमने अपनी बातें अधूरी छोड़ दी थी...

आओ एक शाम ले कर

फिर थोड़ी सी बातें करते है..

आओ थोड़ी बातें करते है आज...

चाँद

चाँद भी आज फीका पड़ गया,
जो देखा आज मेरे इस चाँद को ॥
एक नजर देखने को लालायित हो गया,
जब जाना मेरे चाँद को ॥
उसकी रौशनी रही ना किसी काम की,
इतनी आभा तेज थी आज मेरे चाँद की ॥
शीतलता भी उसकी गुम हो गई,
धरती पे पाँव जो पड़ गई मेरे चाँद की ॥
आसमान में तन्हा रह गया चाँद,
सितारों की बारात जो आज संग हो गई मेरे चाँद की ॥
जगनुओं सी भरी आकाश आज कोड़ा हो गया,
महारास रचने सभी धरा पे आज चली आई ॥
मेरा चाँद आज घिरा है तारों से,
उसकी तेज चमक से सभी चमक रहे है आज ॥
शरद पूर्णिमा की रात और मेरा चाँद,
कृष्ण और राधा का महारास
देखेगी ये सृष्टि आज ॥
झूम उठेगी आज कण कण धरा की,
जो डोली से उतरेगी बारात मेरे चाँद की ॥
नजर ना लग जाए कही उनके नूर को,
काला टीका लगा दो आज मेरे चाँद को ॥

गजरा

तंग हालत है मेरी,

फटी जेब की मरम्मत नही,

देना था कुछ तोहफें में तुम्हे,

इतना बड़ा दिन था आज तुम्हारे लिए ॥

सोच सोच के आँखें नम हो रही थी,

दिल जोरो से धड़क रही थी,

आँखों से नींद कोसों दूर थी..

इतना लाचार खुद को मान रहा था,

कि एक तोहफा,

तुम्हें आज मैं दे नही पा रहा था ॥

सुबह आँख खुली और फूलों पे नजर गई,

दिल ने सोचा

शायद ये कुदरत की कोई मेहर हुई ॥

फूलों से बना डाला एक मामूली सा गजरा,

हां मामूली सी है,

पर प्रेम से परिपूर्ण है ये गजरा ॥

देता हूं तुम्हे तोहफें में ये गजरा,

कुछ सोच के,

थोड़ा घबड़ा के,

कि कहीं पसंद ना आए तो

फेंक देना इसे दूर कूड़ेदान में ये तोहफा ॥

गर, मेरे प्रेम पे भरोसा हो तुम्हे
तो स्वीकार कर लेना ये तुच्छ सा गजरा,
और पहन के जोरो से थिरकना मेरी मानो कहना ।।
बिखर जायेगी फूलों की एक एक पंखुड़ी जमीन पर,
और महका जायेंगी प्रेम की खुशब से एक एक कोने को ।।
प्रेम की खुशब से आज सबको महक लेने दो,
इत्र क्या है इसके सामने आज सबको समझ लेने दो ।।
खैर, मैं ये सोच के दे रहा हूं तुम्हे ये तोहफा,
मामूली ही सही पर अनमोल है मेरी गहना ।।
पहन कर थोड़ा इठला जाना,
अपने केसों को थोड़ा खुला छोड़ देना ।।
देखने देना अपनी सखियों को इन्हें भी जी भर के,
थोड़ा सा छेड़खानी उनकी आज सह लेना ।।
तुम पहनोगी इसे तो मैं इसे प्रेम का इशारा समझूंगा ।।
और फेंक दोगी तो कोशिश मैं फिर से करूँगा ।।
क्या तुम पहनोगी...
मेरा दिया हुआ मामूली सा गजरा... ???

याद

वो हर पल मेरे करीब रहती है,

मैं हर पल उसे महसूस करता हूं ।।

आईने में उसका अक्स देखता हूं ...

कमरे में उसकी खुशब आज भी बिखड़ी पड़ी है..

वो दूर है पर दिल के बेहद करीब है ।।

मेरे कमरे के हर कोने में बस वो रहती है,

कही शीशे पे लगी बिंदी,

तो कही दराज में पड़ी उसकी चूड़ी ।।

ऐसा क्यों होता है,

जो दूर चला जाता है

उसकी याद हमें जीने नही देता है ।।

क्या यही मोहब्बत है...

या किर मोहब्बत के लिबास में लिपटा हुआ कोई छल है ।।

कौन था वो???

कोई गर पूछे तुमसे की कौन था वो..???

तो कह देना हवा का झोंका था वो..

एक आवारा गली का लोफर था वो..

कह देना मेरा कोई नही था वो...

कोई गर पूछे क्या बातें हो रही थी तुम्हारी...???

तो कह देना पागल था,

कुछ बेतुकी बातें कर रहा था वो मुझसे...

कोई पूछे क्या इशारा कर रहा तो वो तुमसे...???

तो कह देना एक भटका मुसाकिर था वो..

इशारों की बातें समझता था

और इशारों से अपनी मंजिल पूछ रहा था वो...

कोई पूछे कि कौन था वो...??

तो कह देना एक दीवानी के इश्क़ में पागल एक दीवाना था वो...

ये इश्क़ हैं

शोर सी ज़िन्दगी में,

सुकून है तुम्हारा इश्क़..

बिखरती सासों के आलम में,

राहत है तुम्हारा इश्क़..।।

बुझते आशाओं में,

आशा की टिमटिमाती लौं है तुम्हारा इश्क़ ।।

मैं तो कब का मर गया होता,

गर तुमने ना हाथ मेरा थामा होता...।।

मेरी डूबती नैय्या की खेवैया है तुम्हारा इश्क़ ।।

मैं काली रात में बुझा दीपक,

तारों के इंतज़ार में पड़ा बेमन...

उस अमावस में चांदनी की रौशनी है तुम्हारा इश्क़..।।

तुमने जब छुआ मुझे,

मेरे रूह कांप गए,

मेरे कठोर शरीर पे प्रेम भरा स्पर्श है तुम्हारा इश्क़ ।।

दिल तो पत्थर था मेरा,

भला पसीजता कैसे...

पर, इक झलक ही तुम्हारा,

मेरा इश्क़ है सनम ।।

बंजर जमीन पे,

घास का एक तिनका है तुम्हारा इश्क़ ।।

सुने आँगन की खुशहाली है तुम्हारा इश्क़ ।।

मकान को घर बनाना है तुम्हारा इश्क़ ।।

हर जगह है तुम्हारा इश्क़..

मेरे रोम रोम में है तुम्हारा इश्क़,

फूलों की वादियों में है तुम्हारा इश्क़,

ये जहां है तुम्हारा इश्क़...

पक्षियों की मीठी आवाज है तुम्हारा इश्क़,

फूलों की खुशब है तुम्हारा इश्क़..

जन्नत है तुम्हारा इश्क़..

रब की मेहर

या कहूं खुद रब ही है तुम्हारा इश्क़ ।।

ये इश्क़ है या तुम, पर जो भी है,

ये इश्क़ बड़ी रूहानी है, खुदा की बरकत,

और ईश्वर की मेहरबानी है ...

ये इश्क़ है ये इश्क़ है....

अदा

तुम्हे देखा और देखते रह गया...

धडकनें रुक सी गई

और सासें थम गई...

तुम्हारी आने की आहट

आँखों में खुशी की लहर ला दी,

शुन्य हो गया

और बस तुझे देखते रह गया...

खुदा ने भी क्या खूब तराशा है तुम्हें,

लगता है बड़ी फुर्सत से बनाया है तुम्हे...

तुम्हारी सादगी मेरे होश उड़ा ले गई,

और तुम्हारा हँसना मेरा चैन..

हंस हंस के सबसे बातें करना,

और मुझसे यूं नज़रें चुराना,

एक टीस सी मार गई..

पर, तुम्हारी हर अदा मुझे है कुबूल

ये कहना था मुझे..

पर, जब तुमसे मिला

तो सिवाय तुम्हे एक टक देखने के बजाय कुछ कह ना सका मैं...

मैं तुमसे इश्क़ करने लगा हूं जाना,

ये मुझे बताना था,

तुम्हारी हाथों को थामना था..

पर तुम्हारी निगाहों में देखने के बाद

मैं खुद को भूलता गया...

मैं सिर्फ और सिर्फ तुमसे इश्क़ करते गया...

चांद की चादर

एक शाम में

चांदनी की चादर ओढे

बादल जगमगा रही हो,

उस चादर के तले हम और तुम बैठे हुए हो,

खामोशी को गले लगा के...

ना कुछ कहना है ना कुछ सुनना है,

बस एक दुसरे को निहारते रहना है...।।

चाँद अपनी चांदनी फैलाए,

हमारे इश्क़ की गवाही करेगा...

जो कहना है हमें

वो सब सुनेगा..

हम बंद लबों से तुमसे इजहार ए इश्क़ करेंगे,

तुम पलके झपका के,

मुस्कुरा के,

मेरे इश्क़ को मुकम्मल करोगी...

और ये चाँद, सितारें , जुगनुओं की बरसाते, चाँद की चांदनी,

फिजायें, ये प्रकृति

सब हमारे इश्क़ में झूम उठेगा...

एक शाम हमारी होगी,

बस हमारे इश्क़ की होगी...

तुम्हारे साथ

तुम्हारे साथ जीना है,
खुश होना है,
दुखों के बादलों से दूर,
सुखों के बूंदों में भीगना है...
तुम्हारे साथ छोटी छोटी खुशियाँ मनाना है,
एक छोटा सा अपना जहां बनाना है..॥
अंधियारी रातों से मीलों दूर,
चादनी रातों में नहाना है...
तुम्हारे साथ मुझे छोटी छोटी यादें बनाना हैं,
कुछ ख्वाब सजाना है,
कुछ सपने बुनना है...
वो सपने हमें जीना है...
तुम्हारे साथ तुम्हारी खामोशी को सुनना है,
बातों में नही तुम्हारी चुप्पी में साथ होना है...
तुम्हारे साथ एक पल में हजारों जनम जीना है,
सारे कसमें वादे
उस पल में पूरा करना है,
मुझे तुम्हारे साथ जीना है..
सिर्फ जीना है..

बनारस की घाट

एक सुबह कुछ ऐसी भी...

तुम, मैं और ये बनारस की घाट...

गंगा किनारे और हाथों में चाय की कुल्हड़....

चल पड़े दोनों नौका विहार करने ।।

मन में ढेरों बातों को दबाए,

लबों पे एक मीठी मुस्कान को छुपाए,

गंगा के बीच,

धाराओं में विसर्जन करती हुई अपनी सारी शिकायतें ।।

पंछियों की चहचहाहट,

और तुम्हारी मुस्कुराहट,

माथे पे अर्ध चंद्रमा,

और गले में फूलों का गहना...

कुछ बोल के क्यों इस दृश्य को बर्बाद करना...

तुम्हारी हल्की गर्म होंठों की छुवन

मेरी सर्द होंठों पे,

मेरे पुरे जिस्म की गर्मी,

गंगा में बह चली हो जैसे...

संगीत की मधुर ध्वनि,

आँखों में बसी सिर्फ तेरी छवि,

स्वर्णिम बेला की आभा तेरे कपोलों पे आ टिकी...

तुम्हारे सौंदर्य पे बहुत बातें करनी थी,

तुम्हारी तारीफों के पुल बांधनी थी,

पर बस तुम्हें निहारते रहना ही मेरी फितरत हो गई..।

शब्द मानों कही खो गई,

कलम की स्याही खत्म हो गई,

और कोई कोड़ा कागज कही नही मिली ।।

अपने हृदय के एक कोने में

मैने अपने प्रेम के कलम से

तुमपे एक गज़ल लिख दी,

वो गज़ल सिर्फ मेरी हो के रह गई....

नही सुनाना,

नही साझा करना,

मुझे किसी और के साथ...।।

मेरा प्रेम बस तुम तक ही सीमित रह गया...

मेरा प्रेम सिर्फ तुम्हारा ही हो के रह गया ।।

बिना इज़हार वाला इश्क़

मैं तुमसे थोड़ा ज्यादा वाला इश्क़ करता हूं ,

इज़हार करने में कतराता हूं ,

पर,

तुमसे मैं खुद से ज्यादा वाला इश्क़ करता हूं ॥

मेरी इश्क़ की तारीफ़ तुमसे है,

मेरा वजूद तुम्हारे इश्क़ से है ॥

इश्क़ खुदा है...ऐसा मैने सुना है,

पर मेरा इश्क़ तो तू ही है ,

ऐसा मैने माना है ॥

इश्क़ पाक है, इसका कोई दायरा नही,

मैं तुमसे दायरे से थोड़ा ज्यादा वाला इश्क़ करता हूं ॥

मैं तुमसे सिर्फ इश्क़ करता हूं ,

और बदले में कुछ भी नही चाहता हूं ॥

मेरी दुनिया तुम्हारे इश्क से है, मेरी कायनात तुम्हारे इश्क़ से है॥

मेरा आगाज और इखतिमाम तुम्हारे इश्क़ से है, मेरा इश्क़ का हर इम्तिहान

सिर्फ तुम्हारे इश्क़ से है॥

मेरा हर पल सिर्फ तुम्हारे इश्क़ में है, मेरा रोम रोम में सिर्फ तेरा इश्क़ है...

मैं तुमसे बेपनाह इश्क करता हूं , पर इजहार करके

अपनी इश्क़ की खूबसूरती को बर्बाद नही करना चाहता हूं ..

मैं तुमसे बिना इज़हार वाला इश्क़ करता हूं ॥ मैं तुमसे बिना बातों वाला इश्क़ करता हूं ॥ मैं सिर्फ तुमसे इश्क़ करता हूं ॥

बस और बस इश्क़ करता हूं ॥

तुम्हारा संग

मुझे तुम्हारा संग चाहिए,
एक थके दुपहरिया के बाद तुम्हारा छांव चाहिए...।।
उमस की गर्मी के बाद
एक पुरवइया की बहार चाहिए...
ना अपेक्षाएं,
ना कोई उम्मीदें,
ना कोई सवाल ना कोई जवाब...
मुझे तुम्हारा संग चाहिए...
संग हर क्षण प्रति पल चाहिए...
सहारा नही,
बस तुम्हारा हाथ चाहिए...
एक उम्र भर की प्रेम कहानी चाहिए ..
मृत्यु के बाद तुम्हारा इंतज़ार चाहिए ..
अगले जन्म में हम फिर से मिलेंग ये अहसास चाहिए ...
मुझे बस तुम्हारा संग चाहिए
और कुछ नही चाहिए ...

क्या लिखूं

लिखूं तो क्या लिखूं ...

तेरे जज्बात लिखूं ,

या किर एहसास लिखूं...

या फिर एक प्रेम कहानी की प्रेम भरी दास्ता लिखूं ...

तू कह तो सही की मैं क्या लिखूं ..??

तेरी आँखों में छुपी सरगोशी लिखूं ..

या किर काजल की गहराई लिखूं ...

तू कह तो सही की मैं क्या लिखूं ..??

तुम्हारी जुल्फों की रात लिखूं ..

या कफिर उसमें लगी गजरे की खुशब लिखूं ..

तू कह तो सही की मैं क्या लिखूं ..??

तेरी गुलाबी पंखुड़ियों जैसी होंठों की बात लिखूं ..

या किर उसमें दबी कोई पैगाम लिखूं ..

तू कह तो सही की मैं क्या लिखूं ..??

तुम्हारी कपोलों पे एक छोटी सी तिल को लिखूं ..

या किर तुम्हारी खूबसूरती को

कही नजर ना लग जाए ये संवाद लिखूं ..

तू कह तो सही की मैं क्या लिखूं ..??

तुम्हारी उठती हुई पलकों का सवेरा लिखूं ..

या किर झुकती हुई निगाहों की शाम लिखूं..

तू कह तो सही की मैं क्या लिखूं ..??

तुम्हारी कानों की डोलती हुई बालियाँ लिखूं ..
या किर उससे बढती मेरी धडकनों की आवाज़ लिखूं ..
तू कह तो सही की मैं क्या लिखूं ..??
तेरी चूड़ियों की खनक लिखूं..
या किर तुम्हारे हाथों में मेरे नाम का मेंहदी लिखूं ..
तू कह तो सही की मैं क्या लिखूं ..??
तेरी हर बात लिखूं ..
या फिर तुझे ना लिखूं ॥
तू कह तो सही की आखिर मैं क्या लिखूं...??
मैं क्या लिखूं ....

तुमसे मोहब्बत करते रहूंगा

पानी की बूंदें हाथों में आते ही फिसल जाते है..

और तुम भी उन्ही बूंदों में से हो...

जिसे मैं महसूस तो कर सकता हूं

पर पा कभी नही सकता हूँ ..||

जितना तुम्हे पाना चाहूं

तुम उतनी दूर चली जाती हो....

जैसे कि मैं कोई ख्वाब को हकीकत में देखना चाहता हूं ,

पर ख्वाब तो ख्वाब ही रहता है,

वो हकीकत कभी नही बन सकता है...

पर, मैं तुमसे मोहब्बत करते रहूंगा,

बबना शर्तों का,

बिना तुम्हारे साथ का,

एकतरफ़ा मोहब्बत मैं करते रहूंगा..||

लौठ आना

मौसम हसीन है

और मैं तन्हा अकेला खड़ा हूं ...

तुम तो चली गई,

पर मुझे अकेला उसी जगह छोड गई...

मैं आज भी तुम्हारे इंतज़ार में खड़ा हूं ,

उसी जगह तुम्हारे आने की राह देख रहा हूं ...

हा, वही जगह जहा हम तुम पहली बार मिले थे,

आँखें चार हुई थी,

बातें सरे आम हुई थी...।।।

तेरी दी हुई इश्क़ की घड़ी,

उसकी सुई आज भी वही अटकी पड़ी है...।।

हमारी हर जज्बात आज भी वही बेंच पे लिखी हुई है..।।

चाय की चुस्कियों में इश्क़ की फितूर,

और बरसात की प्यारी फ़ुहार में इश्क़ की दस्तूर,

दोनों ही तुम्हारा आने की शाम देख रही है...

मेरा हाथ तेरे हाथों की छुवन का, एहसाहों में गोता लगा रही है,

मेरा दिल तेरी याद में आहें भर रहा है...

मेरी नज़र आज भी उसी रस्ते पे टिकी हुई है,

जहा से तुम गए,

और फिर लौट कर ना आए...

मेरी निगाह आज भी

तेरे लौट आने के लिए आंसू बहा रही है..

आ जाओ लौट कर तुम..

मेरा दिल ये कह रहा है...

कल्पना

तुम हो तो मेरी कल्पनाये है,

तुम नही तो कुछ भी नही है ...

तुम्हारे अस्तित्व के वजह से ही

मेरी कल्पनाएँ जीवंत होती है...

एक सुखद और प्रेम से परिपूर्ण कल्पना

सिर्फ और सिर्फ

तुम्हारी वजह से है प्रिय

मेरी लेखनी की प्रेरणा

मेरी कल्पना

और उस कल्पना का वजूद

बस तुम से है प्रिय...

बारिश की बूंदें

ये बारिश भी कुछ कुछ तुम जैसी है..

जब बरसती है तो खूब बरसती है ,

और जब थमती है तो

बरसने का नाम तक नही लेती है ।।

तुम्हारा प्यार भी कुछ इसी तरह का है..

जब करती हो तो बेशुमार करती हो और जब रूठती हो तो

नज़र तक नही मिलाती हो ।।

आज बारिश को देख के मन में एक खयाल आया की,

ये बाररश दूर आसमा से सिर्फ धरा की प्यास बुझाने आती है।।

जब धरा से रूबरू होती है तो

अपने हृदय का द्वार खोल देती है,

और झर झर आँखों से आंसूं बहाती है।।

धरा भी बारिश को आलिंगन कर तृप्त हो जाती है,

और अपनी सौंधी सौंधी खुशब पुरे वातावरण में बिखेर देती है ।।

कितना अनोखा है ये बारिश और धरा का मिलन ..

सालों साल एक दुसरे की राह ताकते है,

और जब मिलते है तो बेशुमार मोहब्बत लुटाते है ।।

इश्क़ तो इसे ही कहते है...

"प्रतीक्षा और विश्वास ..."

दोनों को मिलने की तीव्रता होती है

पर, दोनों समय का प्रतीक्षा करते रहते है,

और फिर मिलते है,

बडी शिद्दत से,

बड़े ही विश्वास के साथ

की दोनों का इश्क पवित्र है ॥

मैं सिर्फ तुम्हारा हूँ

मेरी बातें थोड़ी बेतुकी होती है..

कुछ बातें तो बस यूं ही निकल जाती है..

पर मेरी हर बातों में सिर्फ तुम रहती हो...

हां,

मैं सबसे नही बोलता हूं ,

पर जिसे अपना मान लेता हूं ,

उससे बहुत बातें करता हूं ...

हां,

कभी कभी मैं तुम्हे रोकता टोकता हूं ,

कहता हूं कि हर किसी से बातें मत किया करो...

पर इसमें मेरी नियत साफ़ है,

मैं नही चाहता कि तुम किसी और के करीब आओ,

कोई तुम्हारी नासमझी का गलत फायदा उठाए...

मैं तुमसे प्रेम करता हूं ...

मैं तो बस तुम्हारे बारे में

और

सिर्फ तुमसे बातें करना चाहता हूँ...

मुझे कुछ कहना है

ऐ चाँद ..!!

मुझे कुछ कहना है तुमसे..

कभी तो दूर आसमा से मेरे पास आ..

कुछ तो बातें मेरी सुन,

कुछ अपनी सुना...

यूं तुम्हें मीलों दूर से ताकना अब अच्छा नही लगता..

अब थोड़ा करीब आ,

जमीन पे आ,

मुझसे मिल,

और कुछ बातें कर...

तुम्हें भी तो देखूं थोड़ा नजदीक से,

ये बात तो थोड़ा तुम भी समझ...

कर के आलिंगन तुम्हें एक बार,

तुम्हें भी तो एहसास दिलाऊ प्रेम का...

अब और ना तरपा...

थोड़ी देर के लिए ही सही

थोड़ा नजदीक मेरे आ..।।।

लिफाफा

एक पुराना लिफाफा आज अलमारी से मिला मुझे...

लगा एक टूटा बिखड़ा सा ख्वाब आ गया आँखों के नीचे मेरे...

आज भी उस लिफाफे में से वही खुशब आ रही थी...

गुलाब सूख गए थे

मगर सुगन्ध बिखेर रही थी...

स्याही अब थोड़ी धूमिल सी हो गई,

पर मेरा प्रेम वही पुराना सा लग रहा था...

उठा के लिफाफा को मैने सीने से लगाया,

मानो मैने आज बरसों बाद उनको गले लगाया...

कुछ बूंदें टपकने लगी आँखों से मेरे,

आज फिर से वही पुराना प्रेम भरा दिन नजर आया...

एक लिफाफे में ना जाने कितने एहसास दबी रहती है,

कितने जज्बात जीती रहती है,

लिफाफा के भीतर की चिट्ठी ना जाने कितने ही प्रेम देखी होंगी,

उसकी खुशब ना जाने कितने ही गलियों को महकाया होगा..

लिफाफा बस लिफाफा नही रहता है,

वो एक प्रेम होता है ॥

पर आज ना जाने क्यों

इस लिफाफे की दौड़ कही खो सी गई है..??

लिफाफा कही गुम हो गई है,

प्रेम कही खो गया है...

तुम्हे लिखते रहूँगा

तुमने अब कह दिया तो अब मैं हर बात लिखूंगा...

तुम्हारी और हमारी मोहब्बत की दास्ता लिखूंगा...

जो कभी लबों से नही कहा वो प्यार की बातें लिखूंगा...

मैं वो खामोशी लिखूंगा,

जिसकी हर आह में तेरी ही इश्क़ की बातें छुपी है...।।

मैं वो हर बात लिखूंगा...

वो मुलाकातें जो कभी मुक्कमल ना हो सकी,

उन मुलाकातों की दर्द भरी नज़्में लिखूंगा...

वो बातें जो हमारे बीच अधूरी रह गई,

मैं वो अधुरा सा शब्द लिखूंगा ...

तन्हाइयों में सिर्फ तुम्हारा नाम लिखूंगा...

सिसकियों की रुआनी रात लिखूंगा...

हमारे रिश्तें की सारी कहानी लिखूंगा ...

मैं किताब नही...

बस तुम्हे लिखूंगा ...

मन्नत

कितने ही लोग प्रतिदिन मन्नतों के धागे बांधते है,

कितनों की पूरी होती है और कइयों की नही,,

फिर भी हमारा विश्वास मन्नत के धागे पे अडिग रहता है ॥

"मैने मन्नत में एक दुआ मांगी,

दुआ में तुम्हारी खुशी मांगी,

खुशियों से भरा तुम्हारा जीवन माँगा,

उस जीवन में हमारा हर पल का संग माँगा ..."

मैंने आज मन्नत की धागे को आँखों से लगा के मन्नत माँगा ,

मैने आज मन्नत पूरी होने की मन्नत मांगी,

और मन्नत के धागे को

पीपल के पेड़ में बड़े

"प्रेम, श्रद्धा और विश्वास से बाँधा "

घाट और तुम

एक पवित्र सा स्थान...

शांत, निर्मल, सरल, शर्द

और नदियों की सौगात ।।

ये घाट ना जाने कितने दशक की प्रेम कहानी को देखी है,

और आज भी देखती आ रही है ।।

ये घाट और तुम दोनों ही अद्ववतीय हो ।।

तुम्हारी आँखों में ये जो हजारों कहानियां सजती है

ठीक वैसे ही इस घाट पे भी कई कहानियों का संगम होता है ।।

ये घाट जितना सूंदर और अतुल्य लगता है

उतनी ही तुम्हारी झील जैसी आँखें खुबसूरत   है।।

इन्हें बचा के रखना,

कही किसी का नजर ना लग जाए ।।

आओ हमारे साथ,

इस घाट पे बैठे थोड़ी देर हम,

अपनी कहानी सुनाए ...

तुम आँखों से कहना

और हम ह्रदय से सुनेंगे

और ये घाट हमारे प्रेम कहानी की एक गवाह रहेगी

और हमारी प्रेम कहानी भी सदा सदा के लिए अमर हो जाएगी...।।

ख्वाब

एक ख्वाब आई अमावस की गहरी काली रात में,

चांदनी बिखेड़ दी उस ख्वाब ने उस रात में ।।

चाँद भी मेघों से निकल आया उनके दीदार में ।।

उन्होंने मेरा हाथ थामा और जोरों से गले लगाया,

मैं खुद में नही रह पाया और खूब जोरों से रो दिया ।।

वो सामने बैठी रही मेरे हाथों पे अपना हाथ रखे रही,

कुछ ना बोली और

चुपके से मेरे कानों में अपनी शांति बिखेड़ गई ।।

मैं सोता रहा रात भर

घोर निद्रा में उनको अपने बाहों में समेटे हुए ।।

आँख जब खुली सुबह की पहली किरण के साथ,

चादर पर उनके सिलवटों की मैने एक मिठास पाई ।।

पायल

बड़े प्यार से बनवाया हैं मैने ये तुम्हारे लिए पायल,
नेह के धागों से बाँधा हूँ तुम्हारे पांव में ये पायल..।।
अब जब तुम इसकी तरफ भी ना देखोगी तो सोचो
मेरे हृदय की क्या दशा होगी...
मैं सर्वदा हूं तुम्हारे साथ,
तुम्हारे एहसासों में मैं हूं तुम्हारे संग ।।
तुम इसे बड़े प्रेम से पहनना,
मैं देखा करूँगा इसे तुम्हारी नज़रों से,
इसकी घुंघरू को कभी मत हटाना,
इसकी घुंघरू मेरे दिल की धडकने है...
आओ एक वादा करो तुम मुझसे,
तुम कभी ना उतारोगी ये पायल अपने पाँव से...

अनकही बातें

कुछ चीजें कहने से फीकी पड़ जाती है...

कुछ चीजें बताने से खराब हो जाती है...

कुछ चीजें लबों पे लाने से

उसकी खूबसूरती कही गुम हो जाती है...

कुछ अनकही बातें,

कुछ अनसुनी सी लफ़्ज ,

कुछ अनदेखा सा सच...

इस सृष्टि को पवित्रता और प्रेम में बांधे रखती है...

इसलिए मैं तुम्हारे संग खामोशी में जीना चाहता हूं ,

बिना कहे तुम्हारी बातों को समझना चाहता हूं ,

तुम्हारे खामोश लबों से प्रेम का इजहार को सुनना चाहता हूं ,

तुम्हारी हंसी में खुद की खुशी देखता हूं ...

तुम्हारे साथ ना हो कर के भी

तुम्हारे साथ हमेशा खुद को साथ पाता हूं

छोड़ी हुई कलम डायरी और किताब

तुम जो छोड़ देती हो
जानबुझ कर अपनी कलम डायरी या फिर कोई किताब,
ये मैं अच्छे से जानता हूं ...
पर अनजान बन
तुम्हारे इस क्रिया का आनंद उठाता हूं ...
तुम्हारी छोड़ी हुई कलम से
तुम्हारी उँगलियों की स्पर्श को महसूस करता हूं ...
तुम्हारी डायरी में तुम्हारी तस्वीर देखा करता हूं
और तुम्हारी किताब में
मुझे तुम्हारी खुशब महका करती है...
मैं भी तुम्हारे किताब में
एक गुलाब की पूंखुरी रख दिया करता हूं ,
इस आश में की उसपे गढा हमारा नाम तुम पढ पाओ...
तुम्हारे किताब में हमेशा
मैं एक किरदार छोड़ आता हूं
और चाहता हूं कि,
तुम उस किरदार से वैसे ही प्रेम करो जैसे एक चाँद करता है चकोर से...
तुम्हारी कलम को मैं
तुम्हारी छोटी ऊंगली समझ कर थामता हूँ
और एक इच्छा रहती है कि,
ये उंगलियाँ सदा सदा के लिए आपस में उलझी रहे...

तुम भी अनजान बन कर पर जानबुझ कर छोड़ आती हो

अपनी कलम, डायरी या फिर कोई किताब

और मैं भी अनजान बन स्पर्श करता हूं

तुम्हारी कलम, डायरी

और किताब को....

फोटो

मेरी फोटो को तुम अपनी पर्स में सम्भाल के रखना,

जब याद आए मेरी तो एक बार देख लेना ।।

माना कि ये थोड़ा फिल्मी है,

पर इश्क़ की राह में सब संजीदगी है ।।

कभी जो बात करने का मन करे,

तो पर्स से फोटो निकाल के जी भर के बात कर लेना ।।

माना कि ये थोड़ा पुराना ख्याल है,

पर पुराने खयालों में ही तो असली इश्क़ छुपा है ।।

इक तसल्ली मिलेगी मुझे

ना रहते हुए भी मैं तुम्हारे साथ हर पल संग रहूंगी ।।

मेरी फोटो भी तुमसे बात कर लिया करेगी

तुम कभी कवार इसे चूम लिया करना

मुझे तुम्हारी छुअन का एहसास मिलते रहेगी ।।

मेरी फोटो को तुम

अपनी पर्स में सम्भाल के रख लेना...

इश्क़ वाला सावन

इस बार की सावन कुछ खाश होगी...

बारिश की फुहार बेमिशाल होगी...

हर साल तुम्हारी यादों में भींगा करता था,

इस सावन तुम्हारे संग भीगती रात होगी...

सुने रास्तों पे चलेंगे हम साथ साथ,

हल्की हल्की रिमझिम बूंदें बहार होंगी...

इस साल की सावन कुछ खाश होगी...

देख के चाय की टपरी ,

फिर से वो बात होगी,

हाथों में चाय की कुल्हड़

और चुस्कियों के साथ ढेर सारी बातें होंगी...

इस साल की सावन कुछ खास होगी...

भीगेंगे हम वर्षा की पानी में,

दिलों में इश्क़ की आग लगेगी...

चूम के तेरे माथे को,

सरेआम इश्क़ की इजहार होगी...

तुम्हारी ऊंगली में अंगूठी पहना कर,

इजहार ए मोहब्बत होगी...

तोड़ के रश्मों की दीवारों को ,

थाम के तेरी बाहों को,

गले में भर लेंगे तुम्हे,

और आँखों से बरसात होगी ।।

इस साल की सावन कुछ खाश होगी...

थोड़ी बेमिशाल होगी..

थोड़ी इश्क़ वाली होगी...

इस साल की सावन कुछ खाश होगी...

श्रृंगार

मैं तुम्हें छोड़ के कभी नहीं जाऊँगा ..

बन के तुम्हारी धड़कन

तुम्हारे दिल में समा जाऊंगा...

बस एक ख्वाइश है कि,

मैं जब भी इस दुनिया से अलविदा करू

तो मेरा सर तुम्हारे बाहों में हो...

और तुम्हारा हंसता चेहरा मेरे आँखों के सामने हो...

तुम डरना नही,

घबराना नही,

यह तो फकत देह की विदाई होगी,

पर, मेरी आत्मा तो हर पल तुम्हारे संग होंगी ॥

तुम रोना नही,

तुम्हे रोता देख...

मेरे दिल में ढ़ेर सारी काटे चुभेगी...

मैं तो हूं तुम्हारे साथ,

ज़रा अपनी आँखों को मूंद लेना,

और देखना,

मैं यही हूं ...

तुम्हारे होंठों पे सजा,

तुम्हारी मुस्कान में...

तुम्हारे दिल के धड़कनों में धड़क रहा हूं मैं,

तुम्हारी आँखों के नमकीन पानी में...
मैं ना हो के भी तुम्हारे साथ हूं ...
सुनो,
तुम आज वो शादी वाला लाल जोड़ा पहनना,
सोलह श्रृंगार कर,
मेरी देह को विदा करना...
और कसम है तुम्हें,
अपनी चूड़ियों को कभी मत तोड़ना,
पैरों से पायल और बिछिया मत हटाना,
माथे पे हमेशा एक लाल बिंदी लगाना...
मैं यही हूं ,
तुम मेरे लिए हमेशा श्रृंगार करना....

खिड़की का चाँद

रात की खिड़की पर चाँद कुछ मायुश लोटा..??

मैने देखा समझ नही आया

मायुश क्यो है आज अम्बर का चाँद ...??

थोड़ी देर खिड़की से देखता रहा...

सोचता रहा...

अचानक ही नजर मेरी पड़ी सामने की खिड़की पर...

वहां एक चाँद खड़ी थी...तनहा अकेले....

और

देख रही थी आसमा के चाँद को...

उसकी नूर चमक रही थी हर दिशाओं में,

इस बात से बेखबर थी चाँद वो...

आज अम्बर का चाँद भी मारे शरम के पिघल गया,

घमंड उसका चूर चूर हो गया...

नही देख पाया खुद से ज्यादा खूबसूरती को

इसलिए वो फिर बादलों में समा गया..

और खिड़की की चाँद की चांदनी हर तरफ फ़ैल गई...

बातें...

दो लोगों के बीच,

उनके रिश्तों के बीच,

परस्पर प्रेम के बीच...

बातें कभी खत्म नही होनी चाहिए..

चाहे खामोशी से ही क्यों ना अपनी बात करे,

पर बातें करते रहना चाहिए..।।

बातें टूटे रिश्तों को बिखड़ने से बचाती है,

प्रेम को बढाती है..।।

बहुत जादुई किस्म की होती है बातें..।।

किसी पराए को अपना बना लेती है बातें..।।

जब कभी दो लोगों के बीच बातें खत्म हो जाती है,

शब्द खो जाते है,

लब खामोश हो जाते है ,

खामोशी भी खामोश हो जाती है और बातें बंद हो जाती है,

तब सारे दरवाज़े और खिड़कियाँ भी बंद हो जाती है,

और दो लोग दूर हो जाते है

और फिर वापस आने का रास्ता शायद बंद हो जाता है..।।

इसलिए बातें बहुत जरूरी है,

बातें....

"डूबती नैय्या को पार लगा सकती है",

इसलिए खूब बातें कीजिये

दिल खोल के बातें कीजिये,

कुछ अपना सुनाइए

और कुछ उनका सुनिए..।।

लेकिन बातें करते रहिये ...

चाँद और तुम

ऐ चाँद ज़रा तू उसे बता ...

मैं छत पे हूं ज़रा उसे भी बुला ...

ऐ चाँद जो वो आए छत पे

तू अपनी चांदनी उसपे बरसा दे...

होगा कितना खुबसूरत मंजर,

ये सोच के जी मचल जाता है...

ऐ चाँद ज़रा उसे भी बता...

मैं यहाँ तन्हा हूं उसके इंतज़ार में हूँ..

ज़रा उसको बुला ...

ऐ चाँद ज़रा उसको भी बता, करते है हम मोहब्बत उससे,

ज़रा उससे इज़हार तो करवा...

ऐ चाँद ज़रा मेरी महबूबा का आज दीदार करा...

ईद का ईदी समझ के मुझपे ये अहसान कर जा ...

ऐ चाँद ज़रा मेरी जाने बहार से तो मिला ,

उसका हूं सिर्फ उसका

उसको ज़रा बता...

ऐ चाँद कर रहे हैं हम उसका इंतज़ार

ज़रा उसको बता...

ऐ चाँद ..

करते हैं हम दिलों जान से उसको मोहब्बत,

ज़रा जा के मेरी महबूबा को बता...

बारिश

उफ् ये बारिश और बारिश की फ़ुहार...

खींच लेती है हमें हमेशा तुम्हारी ओर...

बारिशों की छन छन की आवाज़

और भीगी भीगी मदहोश करने वाली हवा...

खींच लेती है हमें हमेशा तुम्हारी ओर...

बारिशों से भींगी भींगी पत्तियां ...

और पत्तियों से टपकता बारिश की बूंदे

टप टप की आवाजें...

और उनकी कर्णप्रिय संगीत ...

खींच लेती है हमें हमेशा तुम्हारी ओर...

बाहर बारिश और खिड़की के पास

बैठ के अदरक वाली चाय के साथ पकोड़ा..

खींच लेती है हमें हमेशा तुम्हारी ओर...

खिड़की के शीशे से लिपटा बारिश की रिमझिम रिमझिम बूंदें...

एक तीसनगी जगाती है हमेशा...

अपनी ओर हमें खींच लेती हैं हमेशा...

बारिश का महीना और इश्क़ का कारवां

उफ् क्या कहूं क्या गजब ढाती है हम पे...

खीच लेती है हमें हमेशा अपनी ओर...

बारिशों से भरा ये गगन,

और फिर गगन से गिरता पानी

और उसमें हमारा भींगना...

खीच लेती है हमें हमेशा तुम्हारी ओर...

बारिशों में तुम्हारा गीला बदन

खीच लेती है हमेशा हमें तुम्हारी ओर...

उफ़ ये बारिश ,

मैं और तुम...

''आशिकाना   आशिकाना   आशिकाना ....''

जीवनसाथी

सुनो प्रिय ...

तुम मेरी हर लड़ाई में एक ढाल बन के मेरे समक्ष रही हो..||

मैं तो थका, हारा, बदहवास हूं ,

पर तुम हमेशा मेरी इन बदहवासी की हालतों को मुझसे कई ज्यादा झेलती हो..||

मैं तो सिर्फ शारीरिक रूप से व्यथा को झेल रहा हूं ,

पर तुम्हारी मानसिक व्यथा का कोई अंदाज़ा भी नही लगा सकता है ..||

मैं तो एक ढलता सूरज हूं ,

पर तुम मेरी जीवन में सुबह की पहली किरण हो,

जो मुझे कभी ढलने नही देती हो..||

मैं तो शुष्क काली अमावस का रात हूं ,

पर तुम उन डरावनी काली रात में चांदनी की किरण हो

जो सदैव मुझे उजालों से भर देती है..||

मैं तो अपनी लड़ाई में कब का हार बैठा हूं ,

पर तुम मुझे कहा हारने देती हो..||

तुम सही मायनों में "जीवनसाथी" के अर्थ को सार्थक बनाती हो..||

मैं खुद को धन्य समझता हूं जो

तुम मेरे जीवन में मेरे "जीवनसंगिनी " के रूप में आई प्रिय...

अच्छा लगता है

अच्छा लगता है हमें तुम्हे निहारना ..
अच्छा लगता है हमें तुम्हारे आँखों में देखना..
अच्छा लगता है हमें तुम्हारे साथ रहना..
अच्छा लगता है हमें तुम्हारे साथ दूर फलक तक चलना..
अच्छा लगता है हमें तुम्हारे हाथों को थामना..
फिर अपनी और तुम्हारी छोटी उँगलियों को उलझाना,
और बिना देखे एक भीगी मुस्कुराहट से, मुस्कुरा देना...।।।
अच्छा लगता है हमें तुम्हारे साथ हर वक्त खड़े रहना..
अच्छा लगता है हमें तुम्हारे साथ हर मजलिश में शरीक होना..
उस भीड़ में भी सिर्फ तुम्हे ताकना,
और तुम्हारा आँखों को शरमा के नीचे करना,
अच्छा लगता है...।।
अच्छा लगता है हमें तुम्हारे साथ वक्त बिताना..
कुछ ना बोलना, बस खामोशी को जीते रहना...
तुम्हारा साथ होना मुझे एक अदब के एहसास से भर देता है..
और उस अदब में इश्क़ का इशारा होना,
अच्छा लगता हैं हमें...।।।
अच्छा लगता है हमें तुम्हे हर वक्त महसूस करते रहना..।।
तुम्हारी बातों को याद करना,
तुम्हारे चेहरे को पढना...
तुमसे बेइंतेहा इश्क़ करते रहना...
क्या तुम्हे भी अच्छा लगता है प्रिय...???

उनके नाम की चिट्ठी

सुनो जी..

हम भी कुछ ऐसा ही चाहते है,

आपके साथ कुछ अच्छे तो कुछ बुरे पल गुजारना चाहते है..।।

सुबह आँखें खुले तो आपको बस देखना चाहते है,

और जब आँखें बंद हो तब भी बस आपके ही दर्शन पाना चाहते है..।।

जब मैं अपने कार्यालय जाऊं तो

चाहता हूं कि आप मुझे दरवाजा तक छोड़ने आओ,

और सब से छुप के एक प्यार भरा आलिंगन हमें दे दो,

फिर तो कोई तनाव ही नहीं रहेगा हमें...।।

जब हम शाम को घर आए तो आपको गजरे में पाऊं,

और हम साथ साथ शाम की चाय की चुस्की के साथ दिन भर की बातें करे...।।

इससे हमारा और आपका दोनों के दिल को तसल्ली मिलेगी..।।

सुनो जी..

जैसा कि सब जानते है कि पुरुष थोड़ा स्वार्थी ,

थोड़ा अदम्भी होता है,

पर हम हमेशा चाहेंगे कि,

आप हमें वैसा मत समझिये..

आप खुद के नजर से हमें देखिये

और हमारे प्रेम को अनुभव करिए ..।।

हम जानते है कि आप भी दिन भर काम करते करते थक जाती है,

तो थोडा क्यों ना हम अपनी

थकान को दूर करने शाम को ककसी बगीचे में

अपना समय व्यतीत करे..।।

रविवार का दिन हम दोनों का दिन हो,

सुबह का नाश्ता आप बनाए,

दिन का खाना हम बनाए..

शाम को चाय हम दोनों साथ मिलकर बनाए,

और रात को कही बाहर घुमने जाए ..।।

क्यों ना हम बेतकल्लुफ के साथ बातें करे,

थोड़ा आप कहे..

थोड़ा हम कहे.. थोड़ा आप सुने.. थोड़ा हम सुने..

थोड़ा आप अपनी भरास निकाले ...थोड़ा हम भी निकाले..

थोड़ा आप झगडा करे और थोड़ा हम भी कर ले,

थोड़ा आप गुस्सा कर ले

थोड़ा से कम हम भी गुस्सा कर ले..

थोड़ा आप इश्क़ कर ले

थोड़ा हम भी आपको मोहब्बत कर ले...।।

क्यों जी,

क्या कहती हो आप...???

ज़रा हमें भी बताइए जनाब...।।

आँखें

हां,

तुम्हारी ये आँखें ...

बहुत खुबसूरत है तुम्हारी ये आँूखें...॥

सादगी झलकती है तुम्हारी इन आंूखों से,

नूर ही नूर नजर आता है

तुम्हारी इन आँखों में..

कितनी सरल, निश्चल ,पवित्र है तुम्हारी ये आँखें,

प्रेम ही प्रेम दीखता है तुम्हारी इन आँखों में..

कितनी बेबाकी से कह देती है हर बात तुम्हारी आँखें ,

कितनी सच्ची है तुम्हारी आँखें ..

डूब जाता हूं जब भी कभी देखता हूं इन आँखों मे तुम्हारे,

अल्लाह बचाए हमको तुम्हारी इन आँखों से...

कही मेरी ही ना नजर लग जाए तुम्हारी आंखों को,

इसलिए अपनी आँखें चुरा लेता हूं

जब भी देखता हूं तुम्हारी आंूखों को...

चाँद और मेघ

चाँद दूर आसमान में थोड़ा इठला रहा था,
थोड़ा इतरा रहा था..।।
घने काले मेघों के बीच अपनी रौशनी फैला रहा था,
मेघ चाँद के इश्क़ में डूबा हुआ,
अपनी दोनों बाहें फैलाए इंतज़ार में था,
उससे गले लगने को बेकरार था।।
चाँद मेघ की इस हरकत पे थोड़ा लजा रहा था,
मुस्कुरा रहा था..।।
दोनों की बेकरारी बढती जा रही थी,
दूरियों को मिटाने की हर कोशिश आज करी जा रही थी..।।
चाँद अपने प्रेम रंग को छुपा नही पा रहा था,
उस रंग से पूरी कायनात को रंगीन बना रहा था..।।
और मेघ अपने प्रीत रस पूरी धरा पे बरसा रहा था..
इश्क़ का रंग कुछ इस कदर चढ गया था दोनों पे,
की एक दुसरे के अलावा
आज वो किसी को ना देख पा रहा था..।।
चाँद को भी आज मेघ पे बेशुमार इश्क़ आ रहा था,
और अंत में सारे बंधनों को तोड़ कर
चाँद मेघ के आगोश में धीरे धीरे विलीन हो रहा था,
चाँद और मेघ बस एक दूजे के आज हो रहे थे,
रश्मों कसमों की दीवारों को तोड़ के

आज वो नए बंधन में बंध रहे थे..।।

चाँद आज बादल में समा रहा था,

बस उसका ही हो के रह रहा था..

चाँद मेघ का और

मेघ चाँद का आज हो गया था..।।

अब भी तुम मुझसे इश्क़ करती हो क्या??

तुम्हे देखे महीनों बीत गए,

तुम्हारी सावली सूरत को ताके एक सदी बीत गई..।।

अब भी जब तुम आईने में खुद को देखती हो

तो मुझे वहा कोने में खड़ा देख पाती हो क्या..??

तुम्हारे केशों को संवारे एक अरसा बीत गया..।।

अब भी सुबह के झोंके तुम्हारे बालों के साथ खेला करती है क्या..??

तुम्हारे माथे पे बिंदी सजाए कई बरस बीत गए..

अब भी तुम वही छोटी सी लाल बिंदी

लगाते हुए शरमाया करती हो क्या..??

तुम्हारे घुंघरू की आवाज़ सुनने को मेरे कान तरस गए..।।

अब भी तुम वही पायल पहना करती हो क्या..??

तुम्हारी खनखती चूड़ियाँ मेरा नींद उड़ाया करती थी..।।

अब भी तुम उस रंग बिरंगी चूड़ियों को

वैसे ही खनखाती हो क्या..??

कागज़ पे तुम्हारा नाम अपने नाम के साथ जोड़े

एक दशक बीत गए..।।

अब भी तुम हमदोनो का नाम

वैसे ही जोड़ के खूब हंसा करती हो क्या..??

तुम्हे छुए हुए एक ज़माना बीत गया..।।

अब भी मेरी छुवन से तुम्हे गुदगुदाहट होती है क्या..??

मुझे देख के तुम्हारा नजरों का झुका लेना,

फिर हल्के से मुस्कुराना..

और झुकी नजरों से मुझे ताकना...

अब भी तुम्हारी नजरें मुझे ढूंढा करती है क्या..??

अब भी तुम मुझे अपने एहसासों में जिक्र करती हो क्या..??

अब भी तुम मुझे अपने दिल के कमरे में सहेज के रखती हो क्या..??

अब भी तुम मुझसे इश्क़ करती हो क्या... ???

ख्वाब ऐ इश्क

कितना कुछ है तुम्हे बताने को,

इश्क़ जताने को..।।

लब है सीले हुए,

आँखें नम है बोलती हुई...

इश्क़ का खुमार है,

फिजाओं में बहार है...

बेकरार है बाहें मेरी,

तुम्हारे एहसासों को गले लगाने को,

तुम क्यों नही कुछ बोलती..??

मेरे आँखों में क्यों नही झाकती..??

डर है तुम्हे कही इश्क़ ना हो जाए मुझ जैसा ग़वारों से,

इसलिए तो तुम मुझे ताकती नही अपनी इन निगाहों से..।।

मैं बैठा हूं तुम्हारे इंतज़ार में,

कब से.... शायद एक उम्र से...

तरस नही आती तुम्हे क्या मेरी इन अदाओं पे...

इक शाम आओ गुजारे हम साथ साथ,

समंदर का किनारा गीली रेत में चले हम साथ साथ..।।

चुपके से तुम मेरी छोटी ऊंगली पकडना,

मैं इशारा समझूंगा तुम्हारे हा का..।।

बस कुछ मत कहना,

चुपके से सुनना मेरी खामोशी को,

मैं क़ैद कर लूं अपने दिल में

इस नासमझी के खुमारों को..

और खो जाऊं मैं

हमेशा के लिए तुम्हारे इन नजारों में..।।

ओहो..!!

कितने सारे ख्वाब है मेरे,

कही टूट के बिखर ना जाए मेरी इस दिल्लगी में..

इस डर से कभी कह नही पाते है कही तुम रूठ ना जाओ मेरी इस नासमझी से,

चलो खामोशी से ही कह देते है, मुझे इश्क़ है तुमसे जाना

कभी तुम भी इजहार कर दो अपनी इन धड़कनों से..।।

ग़लतफ़हमी

क़रीब आओ, तुम्हे कुछ बताऊं...

राहें नही हमारी सोच अलग हो गई... प्यार कम नही हुआ पर हा

"इश्क़" ज़रूर कम हो गई..

बातें तो बहुत है करने को...

पर लब अब खामोश हो गए...

क़रीब आओ तो बताऊं जरा...

दिल तो है पर

अब धडकनें हमारी कही गुम हो गई..

ना कोई गिला है ना कोई शिकवा है तुमसे "सनम " ,

बस अब शायद हमारे बीच वो मिठास खत्म हो गई...

आओ ज़रा क़रीब मेरे...

बताऊं तुझे की क्या क्या ग़लतफ़हमी हो गई...

नीले रंग का दुपट्टा

भोर हो चुकी थी,

सूरज अपना रंग हर तरफ बिखेर रहा था,

लेकिन तब तक जब तक वो सामने नही आई थी तब तक...।।

उसके सामने आते ही

सूरज भी मेघों के गिरफ्त में शरमा के पिघल गया..

नहा कर के निकली ही थी,

उसके मुख मूंडल की आभा चमक रही थी,

और ताजगी उसके बदन से लिपटी हुई थी..।।

केशों से खेलते हुए आईने के पास खड़ी हुई,

और उसे देख आईना भी पानी पानी हो गया था आज ...।।

उसके केश से पानी की बूंदे,

उसके चेहरे से हो कर उसके होंठों से टपक रही थी...

थोड़ी देर खुद को निहारती रही,

फिर माथे पे एक छोटी सी लाल बिंदी लगाई उसने,

और अपने बड़े बड़े गहरे झील जैसे नयन को काजल से सजाया उसने...।।

नीले रूंग के दुपट्टा से अपने

लाज, हया को ढक कर के अपनी मांग भरी..

और कुछ देर पलके नीचे किए खड़ी रही..

और मैं उसे बिना पलकें झपकाए देखता रहा बस देखता रहा...

तुम्हारा हाथ

तुम्हारा हाथ थाम कर मैं मीलों चल सकता हूं ,
भले ही वो रास्ता कैसा भी हो...
पथरीली और काटों भरी रास्ता
भी तुम्हारे संग आसा लगने लगता है...
तुम्हारा हाथ थाम कर
मेरा हर दुख सुख में तब्दील हो जाता है.।।
ना जाने तुम्हारे हाथों में क्या जादू है,
जब भी तुम इसे थामती हो,
ये गमगीन शाम भी खुशहाल बंन जाती है...
मेरी थकी हुई सी ज़िन्दगी में थोड़ी राहत आ जाती है...
ये हाथ यूं ही थामे रखना तुम प्रिय...

ईदी

ऐ चाँद ..

मुझे भी आज तू ईदी दे दे..

हाथों में सनम का हाथ और

उम्र भर का साथ दे दे...

ऐ चाँद...

मेरी ये छोटी सी ख्वाइश आज त मुक्कमल कर दे...

मेरे सनम के आँखों में इश्क़ बेशुमार भर दे...

ऐ चाँद...

मेरी दुआ तू कुबूल कर ले...

कभी ना साथ छूटने वाला साथ दे दे...

ऐ चाँद ...

मुझे भी आज तू ईदी दे दे...

तुम मुझे देखना

सब मेरे शोर को सुनेंगे,

तुम मेरे भीतर की शांति को सुनना...

सब मेरे चेहरे को देखेंगे,

तुम मेरे हृदय में झाकना...

सब मेरे हंसी को देखेंगे,

तुम मेरे रूह में दबी दर्द को महसूस करना...

सब मेरे शब्द को सुनेंगे,

तुम मेरी खामोशी को सुनना...

सब मेरे गुस्से को देखेंगे,

तुम मेरे गुस्से के पीछे की घुटन को देखना...

सब वो देखेंगे जो मैं उन्हें दिखाऊंगा,

तुम वो देखना जो मैं सबसे छुपा के रखूँगा...

तुम मेरे भीतर की दबी प्रेम को पहचानना...

ना जाने क्यों??

ना जाने क्यों..??

पर आज भी दिल धड़क उठता है उसके नाम से..।।

ना जाने क्यों..??

पर आज भी उसको देखते ही सासें तेजी से चलने लगती है...।।

ना जाने क्यों..??

पर आज भी उसकी खबर ना मिलने पर मन बेचैन हो जाता है..।।

ना जाने क्यों..??

पर आज भी उसकी तस्वीर

मैं अपने बटुए में महफ़ूज़ कर के रखा हूं ..।।

ना जाने क्यों..??

पर आज भी तुम्हें मैं नही भूल पाया हूं ..।।

ना जाने क्यों..??

पर आज भी इश्क़ करता हूं सिर्फ तुमसे ऐ सनम....

यादो की अलमारी

मुझे तो तुम्हारी हर बात याद है प्रिय...
वो साथ में गाव के मेले में
तुम्हे कांच की रंग बिरंगी चूड़ियाँ पहनाना,
पानीपुरी की दुकान पे हमारा प्रतिस्पर्धा
और हमेशा मेरा जानबूझ कर हार जाना...
वो बरसात में बर्फ के गोले का मजा लेना,
और झील के किनारे घंटों
एक दुसरे के हाथों में हाथ डालकर बैठना...
मैं कुछ नही भुला प्रिय ..
मुझे आज भी याद है कि,
तुम्हे हल्की गुलाबी रंग कितनी पसंद है और
पहली बरसात में भींगना ...
मुझे सब याद है
और उन यादों को मैने आज भी
अपने दिल के अलमारी में कैद कर रखा है प्रिय ...
कभी फुर्सत से आना तो अलमारी खोल के देखना,
इसमें सिवाय तुम्हारे
और कोई नही मिलेगा प्रिय...

पहले जैसी बातें

"अब क्यों नही होती है पहले जैसी बातें, कभी सोचा है तुमने..??"

मैं तो बहुत सोचता हूं ,

पर निष्कर्ष कुछ निकालता नही है ...

बातें बहुत है पर हम एक दूजे को समझते नही है...

कभी हम तुम्हे गलत ठहराते है

तो कभी तुम मुझ पर आरोप लगाती हो..

एक दुसरे को समझने के बजाय

हम एक दुसरे को गुनहगार ठहराते है...

कभी तुम भी मेरी अंतरात्मा की आवाज को सुनो,

कभी हम भी सुनेंगे..

कभी तुम भी प्रेम भरा स्पर्श करो, तो हम भी थोड़ा लजा के

तुमसे छेड़खानी कर लिया करेंगे...

पर हम इस झूटी फ़हमी के गिरफ्त में आ कर के गिरफ्तार हो गए है...

एक दुसरे को गलत साबित करने में तलबदार हो गए है..

कभी तुम भी झुको, कभी हम भी झुका करेंगे,

रिश्ता हम दोनों का है इसे हम दोनों ही निर्वाह करेंगे...

प्रेम तुम्हे भी है प्रेम हमें भी है...

चलो हर रोज थोड़ा थोड़ा इजहार कर लिया करेंगे...

अब से हर रोज थोड़ी कोशिश, थोड़ी सी बात कर लिया करेंगे....

लोकल ट्रेन

कलकत्ता की लोकल ट्रेन की बात ही कुछ अलग थी,
सब अपने में मग्न,
किसी को किसी की परवाह नही..॥
भीड़ इतना की पैर रखने की जगह नही,
इस भीड़ में मुझे एक झलक दिखाई पड़ी...
उस दिन के बाद हर रोज निगाहें टकराने लगी..॥
मैं चंदननगर में चढा करता था
और वो श्रीरामपुर में...
जैसे ही वो ट्रेन में दस्तक देती उनकी नज़रें हमें ढूंढा करती थी ,
और मेरी उनकी...
रोज का फसाना हो गया था , दिल का बहाना हो गया था..॥
तेज हवा के झोंके से उनके बाल उनके चेहरे पे आ जाते,
मानों मेघ के काले छठे बिखड़ी पड़ी हो...
और वो उन केशो को अपनी उँगलियों से
अपने कानों के पीछे दबा दिया करती थी..!!
और नजरें उठा कर
एक बार मंद हंसी के साथ मुझे देख लिया करती थी..॥
वो सामने रहती थी,
पर हम कुछ ना कहते थे, बस खामोशी को जीते थे..
हमेशा वो अपनी पैरों की उँगलियों से
ट्रेन की फर्श पे कुछ लिखा करती थी..

शायद मेरा नाम...

या

फिर इश्क़ ऐ इज़हार किया करती थी..।।

और हमेशा एक मीठी मुस्कान से

मेरा इबादत करती थी..

एक दिन अचानक उनका आना बंद हुआ, दिल में बहुत दर्द हुआ...

उस दिन के बाद ना वो कभी मिली ना हम कभी मिले..

बस उनकी एक तस्वीर मेरे यादों के झरोखे में रह गई..

उनकी स्मृति मेरे दिल में समा के रह गई.. .

बताना चाहता हूं

जब भी मैं अपनी आँखें मूंदता हूं सिर्फ तुम्हे पाता हूं ,
जब भी मैं अपनी आँखें खोलता हूं
सिर्फ तुम्हे देखना चाहता हूं ..।।
ये चाहते कभी कभी बेकरार कर जाती है,
हृदय की गति को तेज कर जाती है..!!
जब भी अपनी बाहें खोलता हूं ,
जी करता है कि तुम कही से दौड़ कर आओ
और मुझे कस के गले से लगा लो..।।
यूं ही डूबे रहे हम एक दुसरे के आगोश में,
भूल के दुनियादारी को..!!
मेरे कानों में तुम्हारी कलरव जैसी बोली अभी भी गूंजती है,
और कहती है
"मैं सिर्फ तुमसे प्रेम करती हूं"..!!
तुम्हारा बालों का झटकना,
और उस लहराती बाल से पानी की बूंदों का मेरे चेहरे पे गिरना,
मुझे इशारा किया करती है, "तुम्हारे और क़रीब आने को"..!!
तुम्हारी बदन की खुशब से हमारे कमरा का महकना,
तुम्हारा आईने के सामने सजना संवरना ,
मुझे तुम्हे छूने को हमेशा उकसाती रहती है.!!
तुम्हारा हर वो अदा जो बया नही हो पाता,
मुझे हमेशा तड़पाते रहती है,

तुम्हारी तरफ खीचती रहती है..!!

तुमसे दूर रह कर भी तुम्हारी यादों का आना,

मुझे हमेशा तुम्हारे मेरे पास होने का

आभाष दिलाती रहती है..!!

तुमसे कोसों की दुरी अब बर्दास्त नही हो पाती है,

जी चाहता है तुम्हारे पास आ जाऊं

और तुमसे वो सब कह दूं

जो कभी मेरे लफ़्ज बया नही कर पाता..

“मैं तुमसे बड़ी शिद्दत से इश्क़ करता हूं”

आज मैं तुम्हे बताना चाहता हूं ..!!

तुम्हारे बिना

तुम्हारे बिना जी तो रहे हैं हम,
पर अब ज़िन्दगी बस कट रही है..
तुम्हारे बिना हंस तो रहे हैं हम,
पर अब हंसी में दुख की बू आने लगी है..
तुम्हारे बिना रो तो रहे है हम,
पर अब तुम्हारे कंधे की कमी हमें खलने लगी है..
तुम्हारे बिना सासें तो ले रहे है हम,
पर अब ये सासें बोझ लगने लगी है...
तुम्हारे बिना सबसे बातें तो करते है हम,
पर अब वो बातें कानों को भाती नही है...
तुम्हारे बिना लोगों की भीड़ अब चुभने लगी है..
तुम्हारे बिना अब ये ज़िन्दगी,
ज़िन्दगी कम लगने लगी है ..
तुम्हारे बिना...

कभी कवार

कभी चुपचाप मेरी बातों को सुन लेना,

तो कभी खामोशी से अपना हाल बता देना..

कभी बेवजह ही साथ बैठ जाना, और पूछ लेना,

"बताओ, कैसे हो"??

कभी हंसी के पीछे दर्द को समझ लेना,

तो कभी मेरे साथ बेमतलब की बातों पे साथ हंस देना..

कभी मेरी गुस्से में छुपे प्यार को देख लेना,

तो कभी उस गुस्से में भी मेरे माथे को चूम लेना..||

कभी भीड़ में मेरा हाथ थाम लेना,

कभी मैं फिसलूं तो मुझे सम्भाल लेना..||

कभी कभी एक प्यार भरा स्पर्श

सारी दिन भर की थकान को दूर कर देता है..

एक मीठा सा लहज़ा सारे कड़वाहटों को दूर भगा देता है..||

कभी कभी मेरे काधे पे यूँ ही हाथ धर देना

और एहसास दिलाना कि,

"मैं तुम्हारे साथ हूं"

कभी बिन बताए दिल का हाल समझ लेना,

और आँखों में छुपे सवालों को पढ लेना,

कभी मेरी खामोशी को पढ लेना,

तो कभी मेरे अूंदर छुपे हुए प्रेम को जान लेना..||

कभी वक्त निकाल कर साथ बैठ लेना,

और बस हालचाल पूछ लेना..।।

रिश्तों की मिठास हमेशा छोटी छोटी परवाहों से ही बढता है..

इन्ही छोटी छोटी बातों पे रिश्तों की

खूबसूरती और मिठास बढ जाती है..!!!

माघ की चांदनी रात

ये शर्द शीतल माघ की चांदनी रात,

ये ठंडी ठंडी हवाओ का झोंका,

ये प्यार भरा समा,

और हम एक बिस्तर पर कोसों दूर ...।।।

ये दूरियाँ ना जाने कब आ गई हमारे बीच, पता ना चला कुछ...।।

एक दुसरे की बातें ना जाने क्यों इतनी चुभने लगी है हमें,

पता ना चला कुछ...।।

अंतर्मन में एक द्वंद्व चल रहा है,

इस बात का अनुमान तुम लगा सकते हो

कि इस वक्त (रात के २:३० बजे) मैं जगा हुआ हूं ।।

इस द्वन्द के आग में हम दोनों झुलस गए है,

हमारा एक दुसरे के प्रति प्रेम भी अब जल के राख हो गए है..।।

ये रात की शीतलता भी उस आग को बुझा ना पाई,

ये हृदय की पीड़ा को कुछ कम ना कर पाई।।।

ये शर्द शीतल माघ की चांदनी रात....

जब भी तुम मुझे ऐसे ताकती हो

जब भी तुम मुझे ऐसे ताकती हो,
मेरे पुरे बदन में गुदगुदी होने लगती है...
और प्रेम का रस मेरे जिस्म के
हर नशों से बहने लगती है ॥
मन में कई तरह के तरंगें उमरने लगती है,
और मैं तुम्हारे आँखों के अथाह समूंदर में गोते लगाने लगता हूं ॥
जब भी तुम मुझे ऐसे ताकती हो,
मैं खुद को तुम्हारे माथे को चूमने से रोक नही पाता हूं ...
और मेरे अधर...
यूं ही बस तुम्हारे जिस्म के हर रुआ पर कविता बोल डालती है ॥
जब भी तुम मुझे ऐसे ताकती हो,
मैं खुद को तुम्हे आलिंगन करने से नही रोक पाता हूं ...
और मैं...
मैं तुम्हारे आगोश में आ कर के खुद को भूल जाया करता हूं ॥
जब भी तुम मुझे ऐसे ताकती हो...

रूप की रानी

यूं तो हर रोज देखता हूं तुम्हे,
पर आज कुछ अलग लग रही थी तुम ॥
तुम नहा कर जब गुसलखाने से निकली ,
तुम्हारे बदन की खुशब से पूरा कमरा महक रहा था ॥
तुम्हारे केश बिखरे पड़े थे
और उसमें से पानी की बूंदे टपक रही थी,
ऐसा प्रतीत हो रहा था,
मानों घने काले मेघ से बारिश की फ़ुहार बरस रही हो ॥
तुम्हारे सुर्ख गुलाबी होंठों पे पानी की बूंदों का ठहराव,
मानो सुबह में जैसे गुलाब की पंखुरियों पे ओश की बूंदे ॥
तुम कुछ अस्त व्यस्त सी दिख रही थी,
अपने केशों को सुखा रही थी,
और वो केश बार बार तुम्हारे चेहरे पे आ कर के तुम्हारे होंठों को चूम रहे थे ॥
वो भी आज तुम्हारे रूप में मोहित हो रहे थे॥
आज ये हवा का मीठा झोंका तुम्हे बार बार आलिंगन कर रहे थे,
तुम्हे अपने आगोश में लेना चाह रहे थे ॥
आज तुम कुछ अलग लग रही थी,
आज तुम रूपों के रानी लग रही थी ॥
आज तुम कोई स्वर्ग की अप्सरा लग रही थी...

चाँद

आज पूनम की रात है ना,
हाँ वही रात जब चाँद अपनी पूर्णता को प्राप्त करता है..।
अपने रूप और चमक पे इठलाता फिरता है ॥
फिर, आज उसकी चांदनी को क्या हो गया था..??
आज उसमें वो बात क्यों नही थी..??
मैं सोच ही रहा था,
कि अचानक मेरी निगाह उस झरोखे पे गई,
जहा से कोई चाँद को टकटकी लगाए निहार रही थी ॥
उसने लाल रंग की सलवार
और नील रंग का दुपट्टा ओढ रखी थी..॥
अपने कोमल कोमल उँगलियों से वो अपने ने काले केशों को
बार बार कानों के पीछे कर रही थी,
जिसे पवन के झोंके उसके आँखों पे बार बार ले आ रही थी ॥
उसने हाथों में कंगन, आँखों में काजल,
कानों में झुमके पहने हुए थे,
और माथे पे लाल बिंदी,
ऐसा प्रतीत हो रहा था मानो वो चाद उसके माथे पे आज सजा बैठा हो ॥
मुझे उसकी बिंदी से थोड़ी थोड़ी जलन हो रही थी ॥
वो कुछ गुनगुना रही थी,
और हल्के हल्के मुस्कुरा रही थी ॥
आज आसमान का चाँद फीका

और झरोखे के पीछे का चाँद ज्यादा चमक रहा था..।।

आज उसकी सूंदरता के सामने

ये आसमान के चाँद का चमक भी कुछ ख़ास नही था ।।

वो दूर आसमान में चाँद को ताक रही थी,

और मैं उसे ताक रहा था,

और वो चाँद आज खुद पे लजा रहा था...।।।

प्रिय

मैं शब्द तुम उसका अर्थ प्रिय ..

मैं कविता तुम उसका रस प्रिय ..।।

मैं दिल तुम उसकी धड़कन प्रिय ,

मैं जिस्म तुम उसकी रूह प्रिय ..।।

मैं बूंजर भूमि

तुम उसकी अमृत वर्षा प्रिय ..।।

मैं कूंभ तुम संगम प्रिय ..।।

मैं खुला आसमा

तुम उसमें चमकता ध्रुव तारा प्रिय .।।

मैं घनघोर रात

तुम टिमटिमाती जुगनू प्रिय ..।।

मैं उमस भड़ी गर्मी

तुम बारिश की फुहार प्रिय ..।।

मैं झुल्झुलाता जेठ का गर्मी

तुम चाँद की शीतलता प्रिय ..।।

मैं पुश की शरद रात

तुम सूरज की हल्की धुप प्रिय ..।।

मैं कोहरा से ढका हुआ

तुम आश की हल्की किरण प्रिय ..।।

मैं हिंदी की सरल कविता

तुम उर्दू की शायरी प्रिय..।।

मैं आँख

तुम उसमें बसी मुसव्वीर प्रिय ..।

मैं शब्द तुम उसका अर्थ प्रिय ...

सुबह के हसीन सपने

आज सुबह की ही तो बात है,

मैं सफ़ेद कमीज पहना था,

और

तुम लाल साड़ी...

क्या कमाल लग रही थी उसमें तुम ।।

बालों को तुमने उलझा रखे थे,

लग रहा था कंघी नही की थी अब तलक तुमने ।।

अभी तो तुमने काजल भी नही लगाई थी..

बस मांग में सिन्दूर लगा ही रही थी कि,

तुम्हारी नज़र मुझ पर पड़ गई ।।

मैं अपने कमीज के टूटे बटन को देख रहा था,

उससे उलझ रहा था...

ना जाने कैसे तुम समझ गई थी कि,

'मुझे तुम्हारी रूरत है..।।'

तुमने जल्दी से सिन्दूर लगाया

और दराज से सुई धागा निकाल कर मेरे पास आ खड़ी हुई ।।

तुम मेरे बेहद करीब थी,

इतना की मैं तुम्हारे साँसों को महसुस कर रहा था,

तुम्हारी बदन की खुशब मेरे सासों में घुल रही थी ।।

और कुछ वक्त के लिए लगा कि ये वक्त थम गया था ।।

तुम बटन को टाक रही थी

और मैं तुम्हे ताक रहा था ॥

तुम अपना काम निपुणता से कर रही थी

और मैं अपना...॥

इतने सालों बाद मैं तुम्हे महसूस कर रहा था,

सिर्फ और सिर्फ तुम्हे...॥।

और जब तुमने धागा को काटने के लिए अपने होंठ मेरे सीने पे रखे थे,

तो सच कहूं मेरी सासें वही थम गई थी ॥

तुमने अपने दातों से धागा को काटा

और पलट कर चली गई ॥

कुछ ना बोली बस मुस्कुरा के चल दी,

मैं तुम्हारी चाल को कुछ लम्हों के लिए देखता रह गया,

और तुम्हारी हुस्न में गोता लगाता रहा ॥

अचानक से तुम पलटी...

और मैं थोड़ा सकपका गया..

तुमने दबी हुई हंसी के साथ

मुझसे जब पूछा कि,

क्या निहार रहे हो..???

मैं कुछ ना कह सका...

और कमरे से बाहर निकल पड़ा

और दरवाज़े की ओट से तुम्हे देखने की कोशिश करने लगा....

माथे पे चुम्बन

आज मेरी तबियत थोड़ी नासाज थी ।।

कमरे में कम्बल ओढ कर मैं बिस्तर पे लेटा हुआ था ।।

आँखें मूंदे अपनी खयालों की दुनिया में खोया हुआ था..

अचानक से किसी की आने की आहट आई...

शायद वो आ रही थी ।।

हां...

वो ही है...

अपने ही धुन में मग्न और कोई गीत गुनगुनाते हुए श्रीमती जी आ रही थी..

उसके पाजेब से "छन छन छन" की आवाज़

मेरे कानों कोई संगीतमय रस घोल रही थी ।।

ऐसा लग रहा था जैसे कोई मधुर संगीत की धुन बज रही हो ।।

उसके दस्तक देते ही पूरा कमरा इत्र की खुशब से महक उठा था..

आज उसने मोगरे का इत्र लगाया था ।।

उसकी महक से मेरी नासाज तबियत थोड़ी सुधरने लगी थी ।।

मैं अभी भी आँखों को मूंदे हुए था ।।

वो आई और मेरे माथे को चुमते ही सवालों की झड़ी लगा दी...

मानों आसमा से बरसात हो रही है ।।

"खाना लगा दु, रोटी खाओगे कि चावल..?? क्या हुआ..?? बदन दुख रहा है क्या..?
लाओ मैं दबा दूं ..."

ओफ्फो...!!!

"आप तो मुझे कुछ बताते ही नही..."

वो बोलती रही और मैं....

मैं बस इतना बोल पाया कि,

"एक ग्लास पानी मिलेगा..."

वो सुनी नही, बस अपने सवालों में लगी रही ॥

हां वो कुछ ऐसी ही है,

"अल्हड़"

मैने किर कहा "पानी" मिलेगा...

वो फिर गेरे गाथे को चुमते हुए कहा,

"क्या हुआ..??"

"पानी लाए देती हूं ..."

और मैं खामोश अपनी खयालों की दुनिया में वापस चला गया ...

पिली साड़ी

"ना बात करते हो और ना ही कुछ सुनते हो ॥

कुछ बोलो तो मूंह बना लेते हो,

कुछ पूछो तो मूंह फेर लेते हो ।

अपने मन की करते हो

और खुद की मन्मर्ज़ियाँ चलाते हो..॥"

शिकायतों का दौड़ चल रहा था,

और मैं कवितायेँ बुन रहा था...

वो उठ खडी हुई,

और दरवाज़े के पास से खड़ी हो के पूछी,

सुनो...

"ह्मम्म"

"कल कौन से रंग की साड़ी पहनूं"

"पीले रंग की"

वो मुसकाई और बोली,

"आपको तो बस वही रंग भाती है"

मैने कहा,

"पिला रंग तुम पे जंचता है ,

वैसे तुम्हारी मर्ज़ी..॥"

उसने कहा,

"मैने खुद की पसंद का कुछ किया है क्या कभी..??"

सुनो...

साथ में लाख की लाल रंग की चूड़ियाँ पहन लेना,

और कानों में वो झुमके

जो पिछली बार दीवाली में लिए थे (आखिरी उपहार मेरे तरफ से उसे)...

और कुछ...

उसे बिना देखे मैने कहा,

"और आँखों में काजल ज़रूर लगा लेना

इससे तुम्हारी आँखें बड़ी और सुन्दर दिखती है,

होंठों पे हल्की गुलाबी लिपस्टिक भी लगा लेना,

और गले में चेन पहन लेना..."

और कुछ...

नही बस...

वो मुस्कुराती रही...

खुद पे इठलाती रही...

गुदगुदाते रही...

मैं सब देख के भी अनदेखा कर रहा था,

उसकी तस्वीर आँखों में खींच रहा था..॥

मुझे "श्रृंगार" में वो अच्छी लगती है

और

उसे "मैं"

उसका श्रृंगार करते हुए अच्छा लगता हूं ...

चाय पे बातें

हम मिले थे आज चाय पर...

सोचे ढेर सारी बातें करेंगे शाम तक..।।

तुम आई....

उफ्फ फजाओं को अपनी महक से महका गई..

मैं तुम्हें देखता रहा एक टक से,

जैसे चकोर देखता हो चाँद को दूर से ...।।

खुले बिखरे घुंघराले बाल,

माथे पे छोटी सी अर्ध चन्द्रमा,

जिसपे मेरी निगाह जा टिकी ।।

कानों में झूलता झुमका,

जिसपे मेरा दिल था अटका...।।

सागर से भी गहरी आँखें

जिसे और भी सुन्दर बना रहे थे ये काजल,

तुम्हारी मासूम सी हंसी,

जो तुम्हारी सुन्दरता में चार चाँद लगा रही थी..

इतना काफी था आज मेरी धड़कने बढाने को ।।

उफ्...

ये हया, ये नज़ाकत, ये अदा...

वक्त कब बीता आज कुछ ना चला पता...।।

सोचा था ढेर सारी बातें करेंगे,

पर लफ्ज़ थे जो होंठों पे नही आ रहे थे,
निगाहें तुम्हे देखे जा रही थी,
और ये निकम्मा दिल...
तुम्हारे हुस्न पे कवितायेँ रच रहा था..॥
फिर भी बातें हुई ,
और ढेर सारी हुई...
सिर्फ निगाहों की निगाहों से हुयी....
बातें हुयी मगर ख़ामोशी से हुई...

खुबसूरत पल

दोपहर का समय था,
बरामदे पे एक लकड़ी की कुर्सी पे बैठा हुआ था मैं ॥
पैर सामने रखी मेज पर,
सर ऊपर आकाश की तरफ देखता हुआ...
और आँखों को मूंदे...
अपने ही खयालों की दुनिया में खो कर के
शब्दों की माला को पीरो रहा था मैं..॥
चिड़ियाँ चहचहा रही थी,
और पुरानी संगीत की धुन बज रही थी ॥
इतने में देवी जी ने ना जाने कब दस्तक दिया...
कुछ पता न चला...
खामोश रही,
और अपने कोमल हाथों को मेरे काँधें पे रखा..
फिर अपने नरम नरम उँगलियों को मेरे बालों में उलझाया..॥
मैं सब कुछ खामोशी से महसूस कर रहा था,
इस खामोशी में भी बातें थी..॥
ऐसा लग रहा था कि मैं कोई और दुनिया में था ॥
"हसीन और खुबसूरत दुनिया"
कुछ देर बाद वो चली गई...
मैं उसी अवस्था में पड़ा रहा,
ना कुछ बोला और ना कुछ सुना...

बस उसकी छुअन और खामोशी को महसूस किया ।।

थोड़ी देर में वो फिर आई...

अपने गुलाब से भी कोमल अधरों को मेरे गालों से स्पर्श किया,

और धीरे से कह...

"चाय लाई हूं , पी लो"

फिर वो वहां से चली गई...

उसे मेरे हर छोटे छोटे चीजों का ख्याल रहता है ।।

उसे मेरे एकांत से भी इश्क़ रहता है ।।

उसे मेरे मौन से भी मोहब्बत रहता है ।।

और मुझे उसके होने से इश्क़ रहता है...

पैरों के पाज़ेब

आज सुबह से बहुत खुश नजर आ रही है वो,
थोड़ा इठला रही है, थोड़ा मचल रही है वो..।।
अपने दुनिया में मग्न कोई पुराना गाना जोरों से गुनगुना रही है...
क्या सोच के ना जाने मुस्कुरा रही है..
पैरों को लगातार हिला रही है,
और टकटकी बांधें उसे देख रही है,
"छन छन छन"
कोई सुरीली संगीत पूरे फ़िज़ाओं में गूंज रही है ।।
मेरी नजर अचानक से उसके कोमल कमल के समान पैरों पे गई,
उसने आज नई पाज़ेब पहन रखी है ।।
ये उसी की संगीत है...
और वो अपने पैरों को नही
अपनी पाज़ेब को टकटकी बांधें देख रही है ।।
आज वो चांदी का तुच्छ पाज़ेब भी बड़ा घमंड में है,
आखिरकार हो भी क्यों ना...
उसके पैरों में आते ही वो नाचीज भी अनमोल हो गया आज ।।
बड़ी खुश है वो आज...
उसने धीमे से बोला,
"कितना अच्छा लग रहा है ना, कितने दिनों बाद मैने नई पाज़ेब पहनी है..."

आज इसकी आवाज भी मधुर लग रही है...

वो अपने पाज़ेब को निहार रही है,

और मैं उसे....

उसे अपने "पैरों की पाज़ेब" से इश्क़ है,

और मुझे उसके "पाज़ेब वाले पैरों से" इश्क है....

बेशुमार प्यार आया उनपे

सांझ का समय था,

सूरज भी कही छुप रहा थ ।।

पूरा गगन डूबती सूरज की लालिमा से चमक रही थी,

धीरे धीरे रात हो रही थी...

अन्धकार अपना दस्तक दे रहा था...

इतने में दरवाज़े पे किसी की आहट सुनाई दी..।।

"आपके आने से घर में बड़ी रौनक है,

आपको देखे की अपने घर को देखे हम..."

क्या माधुर्य वातावरण था..।।

वो मेरे सामने आई,

और मैं

"बस उसको ताकते रह गया"

बिना पलकें झपकाए,

ऐसा लगा सासें भी रुक गई हो..।।

उस पे उनकी कातिल हंसी...

क्या कहना...

होंठों पे हलकी लाली, आँखों में काली, हाथों में चूड़ी,

लटे बूंधे हुए,

और खुशब तो बस मिज़ाज बदल दे..।।

माथे की काली बिंदी उनकी सौन्दर्य को और चार चाँद लगा रही थी ।।

वो क्या कह रही थी मैं कुछ सुन नही पा रहा था ।।

मैं तो बेसुध उनके रूप को ताके जा रहा था ॥

जी कर रहा था उनका हाथ पकड़ के अपने पास बिठाऊं,

उनको और करीब से ताकू..॥

पर इसमें बदनामी मेरे इश्क़ की होती ॥

मैं कभी उनको देख रहा था,

कभी उनके आँखों में डूब रहा था..

"मुझे उनपे प्यार आ रहा था, और उन्हें शायद मुझ पे..."

अच्छी लगती हो

सज संवर कर रहा करो तुम अच्छी लगती हो...

काजल बिंदी लगाया करो तुम

इससे तुम्हारी आँखें गहरी

और

माथे चाँद जैसी लगती है..

गजरा बालों में बाँधा करो,

फजाओं में इसकी खुशब महका करती है..

सज संवर कर रहा करो तुम अच्छी लगती हो...

पायल कंगन पहना करो तुम

इसकी बोली हमारे कानों को अच्छी लगती है...

बालों के लटों को तुम खुला रखा करो,

अच्छी लगती हो...

सज संवर कर रहा करो तुम,

अच्छी लगती हो...

सादगी

(जब सजती हो तुम तो बेशक अच्छी लगती हो, पर मुझे तुम्हारी सादगी से भी उतना हीं इश्क है जितना की जुगनुओं को तारों से..)

उसको सजने संवरने की जरूरत नही है...

उसकी सादगी ही मेरे दिल को भाती है..।।

वो जब अपनी बड़ी बड़ी आँखों में काजल लगाती है,

सच कहूं तो उसमें खो जाने को जी चाहता है...

उसकी काजल भी खंजर सी काम करती है...

सीधे दिल पे वार...

और मैं बस उसके इश्क में पागल...

जब वो एक छोटी सी बिंदी अपने माथे पे लगाती है,

सच कहूं तो उसके माथे को चूम लेने को जी चाहता है..।।

साधारण सी साड़ी पहनती है..

पर उस साधारण सी साड़ी में भी वो सबसे अलग दिखती है।।

उसको लगता है कि,

मैं ताउम्र उसे ऐसे ही देखता रहूंगा, उससे इश्क करता रहूंगा...

और ये उसको सही लगता है...

मुझे उसके "सादगी" से इश्क है

और

उसे मेरी इस "दीवानगी" से इश्क है...

दुल्हन

शादी के जोड़े में बहुत खूब लग रही थी आज "वो",

हल्की गुलाबी रंग के लहंगे में

सीतम ढा रही थी आज "वो..."

बालों को कस के बांध के,

एक लट उसके गालों को छू रही थी...

और गजरे की खुशब से

पूरी कायनात को महका रही थी आज "वो..."

माथे पे टीका,

और एक बिंदी से सारे महफिल में

कहर ढा रही थी आज "वो..."

मांग में सिंदूर भरने की बेला का स्वागत कर रही थी आज "वो..."

आंखों में गहरी सुरमा लगा के दिल को

लूट रही थी आज "वो..."

कानों में झुमके पहन कर के,

मन की बेचैनियों को बढा रही थी आज "वो..."

नाक में नथ

उसके सुंदरता को और भी रमणीय कर रहा था,

नर्म होंठों पे गहरी लाल लाली लगा कर के

चित्त को चंचल रही थी आज "वो..."

गले में आज उसने हार पहन रखा था,

इंतजार तो फक्त

मूंगलसूत्र पहनने का कर रही थी आज "वो..."
हाथों में कंगना और पैरों में घुंघरू...
अपनी धुन पे पूरे आलम को
मग्न कर रही थी आज "वो..."
हाथों की हथेली पे नाम मेरा लिख कर के,
अपने नाम के साथ मेरा नाम का
जुड़ने का राह देख रही थी आज "वो..."
पैरों को महावर से रंग कर के
मेरे जिगर को
इश्क़ के रंग में रंग रही थी आज "वो..."
शर्म और हया का चादर ओढे,
पलके झुका कर के,
कनखियों से मुझे देख रही थी आज "वो..."
चुपके से,
प्यार भड़ी आंखों से,
हल्की मुस्कान से,
थोड़ा थोड़ा
'इश्क़' का इजहार मुझसे कर रही थी आज "वो..."
और उसके इश्क़ में डूबा जा था आज "मैं..."

सिंदूर

उसने आज लाल साड़ी पहन रखी थी,

थोड़ी उलझी हुई थी,

अस्त व्यस्त सी लग रही थी,

कभी पल्लू को संभालती तो

कभी अपने बालों को...

दांतों से दबा कर आलपिन को

कस के पकड़ी हुई थी..

और मैं खिड़की के छोटी सी छेद से

ये सब देख रहा था,

उसके इश्क़ में डूब रहा था...

“सुनते हो...”

“आओ ना..."

"थोड़ी मदद कर दो ना..."

"पता है कि साड़ी मुझसे संभलती नहीं है,

फिर भी थोड़ी सहायता नहीं करते हो...??”

थोड़ा हड़बड़ा गया मैं...

झटक के उसके पास आया..

नीचे से उसके साड़ी के प्लेट को बनाने लगा..

गौड़ से देखा तो उसने आज

अपने पैरों में आलता लगा रखा था,

और ऊपर से उसके नूपुर...

"कहीं नजर ना लग जाए..."

चुपके से मैने उसके पैरों में काजल लगा डाला..।।

जुल्फों को पीछे उसने बांध रखा था,

थोड़ी खुली थी जुल्फें उसके

और हवा के झोंको के साथ

गालों को छू रही थी जुल्फें उसके...।।

आँखें उसकी सागर जैसी गहरी दिख रही थी,

और सुरमा उसके अब तक सुख चुके थे..।।

गले में मूंगलसूत्र,

और हाथों में खनकती चूड़ा...

उसके लावण्य को और भी निखार रहे थे..।।

और आखिर में वो मेरे तरफ मुड़ी...

उसने सिनहोरा के तरफ इशारा किया,

अक्षी को गोल गोल घुमाया...

हाए...

काश ये वक्त यही थम जाता...

उसने अपनी नयन मूंद रखी थी..।।

मैंने सिंदूर उसके मांग में सजाया

और उसे देखते रह गया...

मुझे आज "उसपे" प्यार आ रहा था,

और उसे शायद "मुझपर"...।।।

कोमल पैर

स्वर्णिम गोधूलि बेला
और श्रीमती जी का रूप,
क्या कहे दोनों ही जैसे.......
“अति उत्तम अति उत्तम...”
कुर्सी पे बैठी थी,
और सामने रखी पाट पर
अपना पैर रखी थी..
लट बंधे हुए,
और कानों में बालियां झूमते हुए...
उनके फूल जैसे कोमल पैर...
इस सुनहरी बेला में
और भी रमणीय लग रही थी..
आलते से सना पैर,
मानो सूर्य की लालिमा महज
उनके पैरों पर ही पड़ रही हो आज...
पायल और बिछुआ
उनके पैरों को और भी ललितमय बना रहे थे..
हौले हौले हवा और वातावरण में
आमों के मंज़र की खुशबू

जैसे मुझे उनके तरफ खींचे चली जा रही थी...

मैं एक टक से उनके पैरों को निहारे जा रहा था,

और दूर से ही नज़रे उतार रहा था...

मेरा हृदय आज जोरों से कंपन कर रहा था,

मुझे जो आज उनसे ज़ोरों का इश्क़ हो रहा था...

कुबूल है

हंसना भी तेरे संग,

और रोना भी तेरे संग...

जीवन के हर रंग तेरे संग..!!

रूठु भी तुझसे,

इश्क करु भी फकत तुझसे... !!

मेरी इबादत भी तू ,

और मेरी खुदाई भी तू ..!!

खुदा का रहमों करम भी तू ,

और मेरा सजदा भी तू..!!

गमों की शाम भी तुझ संग,

खुशी की हल्की धूप भी तुझ संग..!!

जीवन के हर जज्बात तुझ संग..!!

गुस्सा भी तुमसे,

और मोहब्बत भी तुमसे..!!

प्यार का हर रूग मैं जिऊं केवल तुझ संग..!!

फूलों की खुशब भी तुझ से,

बागों की बहार भी तुझ से...

जीवन का हर पल बस तुम से..!!

हंसना रोना,

पाना खोना,

शाम और सुबह..

सब जिऊं मैं सिर्फ़ तुझ संग..!!

तेरी खामियों के साथ तेरा इश्क़ क़ुबूल है हमें..!!

तेरे इश्क़ का हर तस्वीर कुबूल है हमें...!!

मुझे तू हर रूप और रंग में क़ुबूल है....

क्या तुझे भी मैं वैसे ही कुबूल हूं प्रिय...

चाय कहूं या इश्क़

चाय...

सुबह की मीठी यादें,

दोपहर की थकी हुई ताने

और

शाम की आलस्य से भरी अल्फाजों का कारवां...

सुबह की पहली घूंट के साथ एक 'आह ..'

और जब मन परेशान हो गया तो एक प्याली चाय

मानो सारी परेशानियां उस एक घूंट के साथ

चली गई हो..

शाम में जब आलस का कोहरा ढका रहता है तन बदन पे,

उस आखिरी घूंट में सब छूमूंतर कर देता है

ऐसा जादू है कुछ चाय में..

परेशानियों में चाय,

खुशहालियों में चाय,

मीठे में चाय

और नमकीन में भी चाय...

हमारे जीवन के हर पल को जीती है एक प्याली चाय..

कितना उफ़ान दबाए रहती है खुद के भीतर,

फिर भी हमें सारे उलझनों से

चुटकी में निजात दे जाती है एक प्याली चाय...

चाय नशा है...

अरे नहीं नहीं...

इश्क़ हो गया

मुझे ना तुमसे इश्क़ हो गया है...
जोड़ों सा इश्क़...
अच्छा पूछोगी नहीं की कैसा वाला इश्क़ हुआ है...
चलो मैं सुनाता हूं अपना इश्क़ तुम्हे समझाता हूं ...
मुझे ना तुमसे इश्क़ हो गया है,
जींस के ज़माने में साड़ियों वाला इश्क़ हुआ है..
जिस तरह साड़ी बांधना मुश्किल है,
उसी तरह इश्क़ कर पाना भी थोड़ा मुश्किल है,
और मुझे ना ये मुश्किल वाला इश्क़ हुआ है तुमसे..।।
जैसे साड़ी बंधने के बाद
एक मनोहर छवि दिखती है तुम्हारी,
मुझे भी वो मशक्कत के बाद
खूबसूरत वाला इश्क़ हुआ है तुमसे..।।
तुम्हारे साड़ी का उड़ता पल्लू ,
जान ले लेगी एक दिन मेरी सनम,
मुझे उस पल्लू में बंधा हुआ
इश्क़ हुआ है तुमसे..।।
पल्लू में ऐसे गांठ बांधू खुद को,
की कभी ना खुल पाऊं,
बस तुम्हारा हो के रह जाऊं,
मुझे ना बस तुम्हारा हो के

रहने वाला इश्क़ हुआ है तुमसे..।।

साड़ी में तुम नारी बड़ी रमणीय लगती हो,

इतनी रमणीय की कोई शब्द नहीं होता है

उससे बताने को,

मुझे ना रमणीय शब्दों वाला इश्क़ हुआ है तुमसे..।।

तुम्हारे साड़ी का लहलहाता आंचल,

खींच लेता है मुझे तुम्हारी ओर,

आकाश को छूने वाला

तुम्हारा साड़ी का आंचल ,

हवा में उड़ते जाता है और

मुझे कभी नहीं छूता है सनम,

मुझे बिना छुअन वाला इश्क़ हुआ है तुमसे..।।

तुम हर रंग के साड़ी में जचती हो प्रिय,

मुझे भी तुम्हारे रंग में

रंगीन होने वाला वाला इश्क़ हुआ है तुमसे..।।

माना की अभी 2026 चल रहा है,

पर 2026 में मुझे 90 के दशक वाला इश्क़ हुआ है तुमसे..।।

मुझे ना तुमसे इश्क़ हुआ है सनम..।।

क्या तुम्हे भी कुर्ता पायजामा वाला

इश्क़ हुआ है कभी मुझसे..??

अथाह प्रेम

मैं तुमसे प्रेम ही तो करता हूं
अथाह प्रेम...
इस प्रेम में मैं डूब भी जाऊं,
तो भी कोई परेशानी नहीं..।।
जिस भांति ऊन उलझ जाते हैं आपस में,
मैं भी उलझ गया हूं तुम्हारे नैनों के काजल में..
और जब गांठ पर जाती है ऊन के धागों में,
ये सुलझती नहीं है बल्कि
और
उलझ जाती है इन सब झमेलों में...
मैं भी तुम में उलझ जाना चाहता हूं ,
एक ऐसा गांठ बांधना चाहता हूं ,
जो कभी भी ना खुले,
गिरह बन जाए हमारे प्रेम में..।।
तुम्हारा हाथों का मेरे हाथों से इस कदर मिलना,
फिर उंगलियों को आपस में फसाना,
चुपके से मुस्कुरा देना,
और भाग जाना..
मुझे भाता है
ये सब हरकतें प्रिय...
ये लज्जा की श्रृंगार तुम्हारे ह्रदय में...

और भी शोभायमान बनाती है हमारे प्रेम को...

मुझे प्रेम है तुमसे...

समन्दर के गहरे पानी से अधिक,

आसमान में सितारों से भी ज्यादा,

अथाह प्रेम

है तुमसे प्रिय

एक प्याली चाय और खूब सारा प्यार

एक कुल्हड़ भरी कड़क चाय
और बेशुमार इश्क़..
और क्या चाहिए इस दिल ऐ नाचीज़ को...
कोहरे से ढका सुबह, और उस सुबह में
घर की खिड़की से खुशबू आती
थोड़ी इलायची
थोड़ी अदरक वाली चाय की...
उस चाय से निकलती मद्धम सी धूंध
इस कोहरे को चीरती
मेरे कमरे तक दस्तक है देती,
और दिल में एक ताज़गी है भर देती..।।
उस एक प्याली सुबह की चाय में ना जाने
कितने सारे ख्वाब है,
कितनी ताजगी है,
कितना इश्क़ है...
थक हार के जब दोपहर में
कड़ी धूप में पसीने से तर बतर हो जाते है...,
उस भीषण गर्मी में एक चाय की चुस्की
सावन की बयार ले आती है,
और सारी दोपहर की दुपहरी छूमंतर कर जाती है...।।
शाम को जब घर आते है,

पैर चलने से कतराने लगते है,

शरीर दर्द से फट रहा होता है,

और दिमाग सुन्न हो जाता है,

तब एक चाय की चुस्की भर ही

हमारे रोम रोम में तरो ताजगी भर देती है।

चाय की खुशब तो

तमाम महंगे इत्रों से भी ज्यादा खुशबूदार होता है...

चाय बनाने से चाय पीना...

''एक तरह का कला है..''

यह कला हर किसी के बस की बात नहीं...

कहते है,

''इश्क़ में कोई आवारा बनता है कोई पागल दीवाना"

हम तो कहते है कि ,

''हम चाय में एक बदनाम आशिक बने फिरते है...''

चाय हमारा ''इश्क़'' ही तो है...

चाँद बहुत दूर है

चांद कितना दूर है,

फिर भी सबके बेहद करीब है...

चांद में कितना दाग है,

फिर भी सबके लिए सबसे खूबसूरत है...

खुद जलता है,

फिर भी सबको शीतलता प्रदान करता है...

कभी ये अर्ध भी हो जाए,

फिर भी सबके लिए ये पूर्ण है...

अमावस्या के दिन

ये रात कितना भी इसे छुपाने की मशक्कत करे,

फिर भी ये द्वितीया के दिन निकल ही आता है...

ये चांद दूर आसमा में कितना अकेला है,

फिर भी ये सबका दुलारा है..

ये सबका खास है..।।

ये चांद सिर्फ एक का है,

पर सब इसके है..

ये किसी का ना तो अपना है ना पराया,

फिर भी ये सबका अपना है...

ये चांद बहुत दूर है,

फिर भी सबके बेहद करीब है...

सर्वस्व

कितनी आसानी से कह देती हो कि तुम
मुझसे प्यार करती हो...
हां..
सच में तुम मुझसे प्यार करती हो..!!
पर पता है मैं तुमसे "प्रेम" करता हूं ..
सुकूनों से भरा,
टूट के बिखरने वाला प्रेम..!!
तुम्हे पता है की ये प्रेम कैसा होता है..??
यह प्रेम बहुत खास होता है..
ना पाने की तमन्ना और ना खोने का डर,
बस भरोसा रहता है कि
"जो मेरा है वो मेरे पास रहेगा"
सर्वदा...
अगर पा लिए तो उसमें ना कोई जीत की झलक
और अगर खो दिए तो
ना कोई हार की कसक..!!
हां...
यह प्रेम कुछ ऐसा ही होता है..
जहां आंखों के आंसू सुख देते है,
और लबों की मुस्कान एक भींगी सुकून...
प्रेम में तो दुख होता ही नहीं है,

बस हर पल केवल

"सुख ही सुख"

प्रेम में टूट के बिखड़ा नही जाता है,

बल्कि अपने प्रेमी से टूट कर

मिलने में आनंद आता है...

प्रेम में तड़पा नही जाता है,

बल्कि अपने प्रेमी को तड़प से

आलिंगन करने में सुखद अनुभूति होती है...

प्रेम में ना अपेक्षाएं होती है

और ना ही कोई आशाएँ..

अगर कुछ होता है तो वो है बस

"विश्वास"

हां... प्रेम कुछ ऐसा ही होता है...

जैसे कोई तारा दूर आसमा से टूट कर

धरती से मिलने आ जाता है

बिना कोई शर्त किए,

जैसे नदियां सागर से मिल

अपना अस्तित्व को खो देती है

बिना कोई तकलीफ किए...

जैसे चांद बिना सोचे समझे

काले मेघों में गुम हो जाता है

बस एक आलिंगन को पाने के लिए...

हाँ...

प्रिय प्रेम कुछ ऐसा ही होता है...

जिसमें

"मैं"

का तो कोई अस्तित्व ही नही है..

कुछ है तो बस

सर्वस्व

“आप”

और

हमें

आपसे बहुत

प्रेम है प्रिय...

इश्क़ वाला इश्क़

मुझे तुमसे इश्क़ है,
मिश्री सी मीठी,
इमली सी खट्टी
और मिर्ची सी तीखी जैसी इश्क...
मुझे ना तुमसे इंतेज़ार वाला इश्क़ है,
ठीक वैसे जैसे चकोर चांद का इंतेज़ार करता है,
उसे दूर से इश्क़ करता रहता है...
मुझे ना तुमसे तुम्हारे रंग में रंगने वाला इश्क़ है,
ठीक वैसे जैसे उबलते दूध में चाय पत्ती डालने के बाद
दूध चाय के रंग में रंगता है...
मुझे ना तुमसे बिना शर्तों वाला इश्क़ है,
ठीक वैसे जैसे मीरा को मोहन से इश्क़ है...
मुझे ना तुमसे वो तड़पने वाला इश्क़ है,
ठीक वैसे जैसे मछली जल बिन
तड़प कर अपना प्राण दे देती है...
मुझे ना तुमसे बिना आशाओं वाला इश्क़ है,
ठीक वैसे जैसे पहाड़
कोई आशा किए नदी से इश्क़ करता है
और उसे रोकता नहीं बल्कि बहने को छोड़ देता है...
मुझे ना तुमसे जुगनुओ वाला इश्क़ है,
ठीक वैसे जैसे अंधेरी रात में

जुगनू अपनी रोशनी से

ये कालिमा को दूर करने की कोशिश करती है..

मुझे ना तुमसे समर्पण वाला इश्क़ है,

ठीक वैसे जैसे चकवा और चकोर

समर्पित है एक दूजे के लिए...

मुझे ना तुमसे मिठास वाला इश्क़ है,

ठीक वैसे जैसे चीनी की चाशनी मीठी होती है...

मुझे ना तुमसे इश्क़ वाला इश्क़ है...

क्या तुम्हे भी मुझसे ऐसा वाला इश्क़ है..??

पहली मुलाकात

पहली मुलाकात,

"बातें कम और इशारे ज्यादे"

पहली मुलाकात,

"शब्द कम और मुस्कुराहट ज्यादें "

पहली मुलाकात,

"बेकरारी और खुमारी"

पहली मुलाकात,

"नजरें चुराना और कनखियों से देखना"

पहली मुलाकात,

"धड़कने तेज और लफ़्ज़ कही खोए हुए"

पहली मुलाकात,

"इकरार और इजहार"

पहली मुलाकात,

"हर चीज खास

और बस कमाल कमाल और बेमिसाल..."

मैं तुमसे प्रेम करता हूं

मैं सिरफ तुमसे प्रेम करता हूं ...

सिरफ प्रेम...

कसमें वादें,

रीत रीवाज से पड़े

सिरफ प्रेम करता हूं ..

ना बंदिश ना कोई रंजिश...

बिना आश और बिना निराशा वाला प्रेम करता हूं ...

ऐसा प्रेम जो सिर्फ हृदय और आत्मा को छुता है,

ना कि शरीर को...

हां हां...

मैं तुमसे प्रेम करता हूं ...

वैसा प्रेम जो गंगा सी पवित्र है

और वायु जैसे सर्वत्र विद्यमान है...

हां..

मैं तुमसे प्रेम करता हूं ..

सिर्फ प्रेम

और कुछ नही..

जरूरी तो नहीं

जरूरी तो नही की,

वो समझ जाए जो मुझे उसे बताना हो...

जरूरी तो नही की,

वो भी मुझसे प्रेम करे जैसे मैं करता हूं ...

जरूरी तो नही की,

वो भी मेरी तरह मेरी आंखों को पढ ले...

जरूरी तो नही कि,

वो भी मेरी धड़कनों को समझ ले...

जरूरी तो नही की,

वो भी मुझे अपने हृदय में सदैव रखे...

जरूरी तो नही की,

वो भी मुझसे प्रेम करे...

जरूरी तो नही...

जरूरी तो नही....

जिंदगी तुम हो

बोलूं तो शब्द तुम हो,

शब्द कहूं तो अर्थ तुम हो..

लिखूं तो कविता तुम हो,

लफ़्ज़ कहूं तो एहसास तुम हो...

मांगों तो रब की मेहर तुम हो,

चाहूं तो इश्क तुम हो........

दिल कहूं तो धड़कने तुम हो,

सांसें कहूं तो ज़िन्दगी तुम हो,

जिंदगी कहूं तो

जीने की आधार तुम हो..।।

इश्क़ कहूं तो फ़कत

तुम हो...

बटन-धागा की प्रेम कहानी

बटन और धागा की प्रेम कहानी कुछ यूं है कि...

बटन है बिखड़ा टूटा पड़ा

किसी डब्बे में सोया पड़ा,

धागा उसे ताकती है

और

मन ही मन अपना दिल उसे दे देती है...

उसके प्रेम में डूब जाती है..

बटन थोड़ा इधर उधर भागता है,

थोड़ा मचलता है,

थोड़ा इठलाता है...

पर धागा उसे कही नहीं जाने देती है...

वो बटन को अपने प्रेम में कुछ इस कदर टांकती है,

बटन को बस अपने सांसों में

उसकी सांसों की खुशबू आने लगती है...

और फिर...

बटन और धागा

एक अटूट बंधन में टंके हुए

रह जाते है,

और

अपनी प्रेम कहानी को जीवंत बनाते है...

तुम खुश हो

कभी कभी प्रेम जता देना चाहिए और कह देना चाहिए कि,

" मैं तुमसे बहुत प्रेम करता हूं ..."

कभी कभी हमें रिश्ता को मजबूत बनाने के लिए

एक दूसरे से पूछ लेना चाहिए कि,

"तुम कैसे हो..??",

"तुम खुश हो कि नही..??"

इससे रिश्ते में एक प्यार भरता है....

अब जब भी मौका मिले अपने प्रेमी या किसी

अपने से पूछ लिया करना चाहिए की,

"क्या तुम खुश हो..."

कितनी मासूमियत झलकती है उसकी बातों में,
कितनी दूरियां हो गई इन कुछ सालों में..॥

कितने दिन हो गए उसे निहारे हुए..

ना जाने कितने दिन हो गए

उससे बात किए हुए..॥।

कितने दिन से नही पूछ पाया उसकी खैरियत के बारे में,

कितने दिन से नही सोच पाया उसकी खुशियों के बारे में..॥

आज कितने दिनों बाद जब उससे पूछा...

“की क्या तुम खुश हो...”

उसने बोला...,,

“हां, मैं खुश हूं ”

"कि तुमने आज मुझसे पूछा...

की तुम खुश हो...”

तुम्हारा साथ

हंसना चाहता हूं ,

खुश होना चाहता हूं ..

सिर्फ तुम्हारा हो कर के रहना चाहता हूं ।।

अपनी सारी पीड़ा भुला कर के,

तुम्हारे साथ मुस्कुराना चाहता हूं ।।।

तुम्हारे सीने से लग के,

सबसे छुप जाना चाहता हूं ..

इस संसार की शोर को अनसुना कर,

तुम्हारे हृदय की धड़कनों को

महसूस करना चाहता हूं ।।

शब्दों की शोर से दूर,

तुम्हारे अधरों की मौन को सुनना चाहता हूं ।।

तुम्हारी रजामंदी हो तो...

मैं सिर्फ तुम्हारा हो कर के रहना चाहता हूं ..।।

क्या लिखे

क्या लिखे तुम्हारे ऊपर प्रिय...

तुम्हारा प्रेम लिखे या

फिर तुम्हारा समर्पण..।।

तुम्हारा त्याग लिखे

या किर तुम्हारा अर्पण...।।

तुम्हारा व्यक्तित्व लिखे

या किर तुम्हारा यौवन..।।

तुम्हारा सरल व्यवहार लिखे

या किर तुम्हारा सुंदर मन..।।

जो भी लिखे,

सब इतना सरल,

इतना सुंदर की

कोई भी मोहित हो जाए

तुम पर...

दिल हार बैठा

दिल हार बैठा उनपे,

एक रोज उन्हें आईने के सामने

अपने बाल जो संवारते देख लिया जब मैने...

दिल हार बैठा उनपे,

एक रोज उन्हें आईने के सामने

अपने आंखों में काजल लगाते जो देख लिया जब मैने...

दिल हार बैठा उनपे,

एक रोज उन्हें आईने के सामने

मुस्कुराते जो देख लिया मैने...

दिल हार बैठा उनपे

उस एक रोज से....

कौन हो तुम मेरे लिए

पूछती हो की तुम मेरे लिए कौन हो..???

तपती दुपहरी में

ठंडी हवा का झोका हो,

जेठ के मौसम में,

सावन की मीठी बरसात हो,

अंधेरों में,

पूनम की चांद हो,

आंखों में बसी आंसू हो,

हृदय की सुकून हो...

पूछती हो मेरे लिए तुम क्या हो..???

कैसे बताऊँ की तुम

"मेरे जीवन का आधार हो"

दस्तक

अच्छा लगता है आपका यूं ही

दिल के दरवाजे पे दस्तक देना...

होंठों पे मंद मंद मुस्कान ले आती है

आपका यूं ही

दिल के दरवाजे पे दस्तक देना...

नैनों को सुकून मिलता है आपका यूं ही

दिल के दरवाजे पे दस्तक देना...

मोहब्बत होने लगती है

फिर आप से...

आते रहा करो

यूं ही...

दस्तक दिया करो

यूं ही...

दिल के दरवाजे पे

कभी कभी आया करो

यूं हीं..

मोहब्बत का खेल

आओ एक खेल खेलते है,
खेल मोहब्बत का...
फिर से शुरुआत करते है,,
फिर से जान पहचान करते है,
एक दूसरे से मुलाकात करते है,,
एक दूसरे से हाल चाल पूछते है,,
एक दूसरे का नाम जानते है...
आओ एक खेल खेलते है...
तुम डरना मत..
तुम घबराना मत...
ये फकत एक खेल होगा...
फिर से हम तुमसे इजहार ए इश्क करते है
फिर से तुम शरमाना,
फिर से तुम कुछ मत कहना,
हम तुम्हारी खामोशी को सुनेंगे,
खामोशी से बातें करेंगे..
ये खेल फकत खेल होगा
खेल "मोहब्बत" का..
तुम जवाब अपने होंठों पे
मुस्कान सजा के देना,
हम समझ लेंगे तुम्हे भी इश्क है हमसे...

तुम डरो मत,

तुम घबराओ मत...

ये बस एक खेल होगा...

कुछ देर के लिए ही सही,

हमारे दिल को तसल्ली होगी,

की तुम्हें भी हमसे मोहब्बत है...

ये सिरफ़ खेल होगा,

खेल मोहब्बत का होगा....

अधूरी प्रेम कहानी

एक प्रेम कहानी है अधूरी सी प्रेम कहानी है..

शादी हुई,

फिर प्रेम हुआ...

प्यारा सा परिवार मिला ।।

खुशियों से भरा दामन मिला ।।

रखता था वो मुझे शहजादी बना के,

कांटों से दूर फूलों से सजा के...

रखता था वो मुझे

अपने पलकों पे बैठा के...

करता था वो मुझसे बेहिसाब मोहब्बत...

मोहब्बत का मीठा फल मिला,

घर में नन्हा मेहमान आया...

नाच उठा घर आंगन हमारा,

झोली भर गई खुशियों से हमारा..

हम जल्द ही बन गए...

"मां और पापा"

खिल उठा था चेहरा उनका,

मन भर गया था हर्ष से उनका...

हाए...

लग गई किसी की बुरी नजर...

किस्मत को हमारा साथ नही था मंजूर...।।

अलग हो गए वो हमसे,

चले गए वो दूर छोर के..॥

सितारा बन अब भी रखते है वो हमारा खयाल..॥

देखते है हमें दूर कही आसमा से....

हम भी उनको खोजते है तारों भरी जहा में..॥

चुपके से वो मेरा हाथ आज भी पकड़ते है,

साथ वो है हमारे

इस बात का एहसास दिलाते है..॥

ये है हमारी प्रेम कहानी

पूरी नही

हमारी अधूरी प्रेम कहानी....

०९:30 की मेट्रो

हम हर रोज ९:३० का Metro
Tollygunj से पकड़ा करते थे,
और वो भी Ravindra Sarovar स्टेशन पे
इसी मेट्रो में चढा करती थी...।।
आधे घंटे का सफर हुआ करता था...
एक ही डब्बा,
एक ही जगह...
हर रोज हमलोग वही मिला करते थे...
उतरते भी थे एक ही साथ,
बस बात हमारी कभी हो नही पाती थी...
अल्फाजों से दूर,
एक छोटी सी हूंसी से
हमलोग हर दिन मिला करते थे...
कुछ कहना चाहती थी शायद वो हमसे
पर कभी कह नही पाई कुछ भी वो हमसे...
मैं भी उसके भावों को पढना चाहता था
पर कभी पढ नही पाया कुछ भी...
और एक दिन उसका आना बंद हुआ...
नजरे उसको ढूंढा करती थी..
पर वो तो आया अब ना करती थी...
हम और हमारा दोस्त उसे

"मेट्रो वाली"

कह के बुलाया करते थे...

क्योंकि हम उसका नाम जो नही जानते थे ॥

दिल दे बैठे थे कमबख्त उसको ॥

मर मिटे थे उसपे हम यार ॥

कर बैठे थे प्यार उससे हम ॥

पर हिम्मत जुटा के

कभी कह नही पाए उससे हम यार ॥

आज अचानक याद आ गई ०९:३० की मेट्रो की...

ये छोटी सी फ़साना याद आ गई हमदोनो की...

ये है

"मेट्रो वाली"

और हमारा एक छोटी सी दास्तां...

ये है सुबह ०९:३० बजे मेट्रो के प्यार का मीठा कारवां

तुम

अच्छी लगती हो

"तुम"

जब तुम इस नए दौड़ में

अपनी संस्कृति में रहती हो

"तुम"

अच्छी लगती हो

"तुम"

जब इतनी सादगी से रहती हो

"तुम"

अच्छी लगती हो

"तुम"

जब इस

"साज सज्जा"

के दौड़ में

बिंदी, काजल, पायल, चूड़ी और साड़ी पहनती हो

"तुम"

अच्छी लगती हो

"तुम"

जब अपने उलझे केसों को खुले रखती हो

"तुम"

अच्छी लगती हो

"तुम"

जब बड़ों के सम्मान में

अपने माथे पे साड़ी का पल्लू रखती हो

"तुम"

अच्छी लगती हो

"तुम"

क्योंकि अपनी संस्कृति को समझती हो

"तुम"

School वाला प्यार

School वाला प्यार

ये शायद एक बार सबको हुआ होगा ॥

हमें भी हुआ और तुम्हे भी शायद हुआ होगा....

School वाला प्यार हमारा पहला प्यार

पहला इजहार, पहला जज़्बात

वो पहले प्यार का नशा...

पहला Crush वो पहला Attraction

हमें भी हुआ तुम्हे भी शायद हुआ होगा॥

वो School के मेज पे दिल बनाना

और A+V लिखना...

हमने भी लिखा

तुमने भी लिखा होगा शायद॥

कितना मासूम भरा होता है वो प्यार...

वो पहला और अधूरा प्यार

हमें भी हुआ तुम्हे भी शायद हुआ होगा ॥

वो School वाला प्यार...

रात

हमें तो ये रात बहुत पसंद है
ये रात अपने साथ लाती है
स्थिरता,
ठहराव,
लगाव,
यादें,
वादें,
कसमें,
नाते...
दिन भर के थकान के बाद
ये लाती है
सुकून का एक पल..॥
अपनो का संग..॥
प्रेम का प्रसंग..॥
एक थकी दुपहरी से
अपने संग चुरा के लाती है
एक गहरी नींद
एक प्यारा सा ख़्वाब..॥
जीने की चाह..॥
खोने की आह..॥
ये रात हमें अपने जैसी लगती है..॥

ये भी अपने अंदर छुपा के रखती है...

पीड़ा,

विरह,

हर्ष,

विषाद...

ये रात कुछ कुछ

खुद जैसी लगती है..॥

अपना लिखूं

मैं तुम्हे कभी अपना लिखूं
तो कभी पराया लिखूं ।।
कभी सपना लिखूं
तो कभी हकीकत लिखूं ।।
कभी धड़कन लिखूं
तो कभी उसकी आवाज लिखूं।।
कभी प्रेमिका लिखूं
तो कभी जीवन संगिनी लिखूं ।।
कभी रात लिखूं
तो कभी भोर लिखूं ।।
मैं जो भी लिखूं
उसमे मुझे तेरा
और
तुझे मेरा लिखूं।।

ज़रा सुनो

ज़रा सुनो....

थोड़ा करीब,

मेरे पास बैठो....

तुमसे कुछ कहना चाहता हूं ....

ज़रा सुनो....

मैं तुमसे अत्यंत प्रेम करता हूं ...

मैं तुम्हारे साथ अपना बुढापा बिताना चाहता हूं ...

मैं तुम्हारे साथ आखिरी सांसें गिनना चाहता हूं ....

ज़रा सुनो....

मैं तुम्हे अपना जीवनसंगिनी बनाना चाहता हूं ...

मैं तुम्हे अपना हमराज बनाना चाहता हूं ...

ज़रा सुनो...

मैं ये सब तुमसे कहना चाहता हूं ...

पर...

कह नही पाता हूं ...

ज़रा सुनो....

कुछ नही..

पहली मुलाकात

एक कहानी लिखूं

दिल की जुबानी लिखूं ।।

वो हादसा लिखूं ...

वो हसीन हादसा होते होते जो रह गई थी..।।

याद है वो

पहली मुलाकात,

जो कभी हमारी हो नही पाई थी...

मैं रिक्शा से आ रहा था

तुम उस रास्ते से कहीं जा रही थी...

याद है वो

पहली मुलाकात.....

जब तुमने मुझे देखा था,

और मैं अंजान बन जा रहा था...।।

मुझे तो आज भी याद है

वो मुलाकात...

जब मैं तुम्हारे कॉलेज के सामने से जा रहा था

और तुम...

हड़बड़ाती हुई कॉलेज कैंपस से

बाहर निकलने के लिए दौड़ लगा रही थी....

तुमने नही देखा,

पर मैने दूर से तुम्हे देखा,

और पहचान गया तुम्हे...॥

आज भी याद है मुझे...

वो पहली होते होते

ना होने वाली मुलाकात...

क्या तुम्हे भी याद है वो

रिक्शा वाली अधूरी सी मुलाकात....

शायरी

मैने लिखा एक शायरी है

उस शायरी में

“हम दो नही”

“हम एक है..."

उसमे एक रिश्ता है।।

उस रिश्ते में इश्क है।।

उस इश्क में दोनो डूबे है।।

दोनो का एक दिल है।।

दिल में एक तमन्ना है।।

उस तमन्ना में अपनी कहानी है।।

उस कहानी में रवानी है।।

मैने लिखा एक शायरी है।।

चूड़ियां

हाथों में चूड़ियां के लश्कर सजा के,

हथेलियों में मेंहदी निखार के,

उंगलियों में लाल Nail Paint लगा के,

उसने अपना हाथ रखा

सामने मेरे दिल के मेज पे।।

मैं देखता रहा उसकी सजी हाथों को,

कभी उंगलियों को,

कभी हथेलियों को,

सोचता रहा...

देखता रहा..

सोचा चूम लूं उसकी हाथों को..।।

फिर ये नुमाइश होती हमारी इश्क की...

फिर,

यूं अचानक उसने मेज से अपना हाथ हटाया..

शायद कोई आया......

चूड़ी खनका.....

मैने देखा.....

मैं मुस्कुराया....

सपना टूटा....

उसका मुड़ना

वो जाते जाते

"मुड़ी"

मुड़ी और मुस्कुराई...

मैं उसके इंतजार में था

खड़ा

इंतजार कब इजहार में बदला

पता ना चला॥

आंखों से बात हुई चुपके से इकरार हुई॥

हलचल सा हुआ

धड़कनें बढी

दिल को सुकून पहुंचा....

जो सुनना था जो कहना था वो सब हुआ...

अधरों पे मौन लिए

सब बातें हुई...

वो जाते जाते

"मुड़ी..."

हाथो में हाथ

हाथों में हाथ लिए
जन्मों का साथ लिए
ये सफ़र तय कर लेंगे हम।।
हाथों में हाथ लिए
ये बंधन साथ लिए
सारे बंधनों को निभा लेंगे हम।।
हाथों में हाथ लिए
संघर्षों को साथ लिए
जीवन के सारे संघर्ष सह लेंगे हम।।
हाथों में हाथ लिए
खुशियों को साथ लिए
सारे खुशी आपस में
बांट लेंगे हम।।
हाथों में हाथ लिए
कोरा कागज साथ लिए
अपनी रंगीन कविता लिख लेंगे हम।।
हाथों में हाथ लिए
साथ निभाएंगे हम
हर इम्तिहान पार कर लेंगे हम।।
हाथों में हाथ लिए...

कुछ भी नहीं

सोचा नही

अच्छा बुरा,

देखा सुना कुछ भी नही,,

मांगा खुदा से हर वक्त

तेरे सिवा कुछ भी नही।।

देखा तुझे

चाहा तुझे,

सोचा तुझे

पूजा तुझे,

मेरी वफ़ा

मेरी खता,

तेरी खाता

कुछ भी नही...

जिस पर हमारी आंख ने,

मोती बिछाई रात भर,

भेजा वही कागज उसे,

हमने लिखा

कुछ भी नही...

और एक शाम की दहलीज पर,

और बैठे रहे वो देर तलक

आंखों से की बातें बहोत,

लबों से कहा

कुछ भी नही...

दो-चार दिन की बात है,

दिल ख़ाक में मिल जाएगा,

आग पर जब कागज रखा,

बाकी बचा

कुछ भी नही....

सुनो

सुनो...

कुछ कहना है तुमसे...

क्या तुम कभी मेरी खामोशी सुन पाओगी क्या..??

सुनो....

कुछ कहना है तुमसे....

कभी मेरी आंखों में छुपे इश्क को देख पाओगी क्या..??

सुनो....

कुछ कहना है तुमसे...

कभी मेरे दिल की बात को जान पाओगी क्या..??

सुनो...

कुछ कहना है तुमसे...

कभी मेरी शायरी के अल्फाजों को समझ पाओगी क्या..??

सुनो...

बहुत कुछ कहना है तुमसे...

अपनी पूरी जिंदगी ले करके मेरे पास आ पाओगी क्या..??

सुनो....

कुछ नही....

मोहब्बत हो रही है

की मैं उसे देख रहा था...

और उसे देखता ही रह गया...

साड़ी और माथे पे लगी बिंदी में...

कयामत सी लग रही थी वो...

ऊपर से उनका वो झुमका...

माशाअल्लाह...

जन्नत की पड़ी लग रही थी वो।।

झील जैसी आँखें में

काजल लगाई हुई थी वो,

अब सोचो,

जब नजरे टकराई होगी तो क्या मूंजर होगा ??

बचते बचाते नजरे टकरा ही गई हमारी,

नजरे टकराई...

फिर,

उनसे नजर ही नहीं हट रही थी मेरी।।

तिशनगी कुछ ऐसी थी की

लेकिन भीड़ का बहाना था...

फिर...

नजरे कुछ यूं टकराई...

की निगाहों निगाहों में अनकही बातें होने लगी..

उसने जल्दी से नजरे झुका ली...

पर उनसे...

मोहब्बत होनी थी

और मोहब्बत होते चली गई...

प्रेम का क्षण

चल कही दूर चलते है
चल कही दूर बैठते है हाथों में हाथ लिए
एक दूसरे का साथ लिए ज़िंदगी का सौगात लिए
कहीं दूर चलते है
जहां बस खामोशी हो
और
उस खामोशी में बातें
बस हमारी हो
कहीं दूर बैठते है
इस दुनिया की भीड़ से
कहीं दूर और
एक दूसरे के आंखों को पढते है
चलो उस क्षण को हम जीते है
वो क्षण जो बस हमारा है
वो प्रेम से परिपूर्ण क्षण ।।

जलन

ऐ बारिश की बूंदे

मुझे जलन हो रही है तुमसे ।।

तूने जो ऐसे छुआ, मेरी महबूबा को

सिसक सी हो रही है मुझे ।।

तूने जो ऐसे भिगोया,

तूने जो ऐसे छुआ,

गेरी गहबूबा को

तकल्लुफ हो रही है मुझे ।।

जा कहीं और बरस अब,

जा कहीं और जा अब,

अब ना तड़पा मुझे,

अब ना अपने बूंदों से जला मुझे,

अब छोड़ दे मेरी महबूबा के संग मुझे,

मुझे बेशुमार प्यार आ रहा है उसपे।।

ऐ बाररश की बूंदे ....

मुझे जलन हो रही है तुमसे...।।

साथ देना हमेशा तुम

कभी हमें छोड़ ना जाना तुम ,

दिन हो या रात हो,

साथ देना हमेशा तुम ।

माना की थोड़ा नादान हूं

माना की थोड़ा नासमझ हूं,

पर,

हमेशा समझदारी से साथ देना तुम ।

माना की थोड़ा जिद्दी हूं

माना की थोड़ा पागल हूं,

पर,

हमेशा प्यार से साथ देना तुम ।

माना की यहां बंधन बहुत है

माना की यहां बंदिशें बहुत है

पर,

हमेशा अपने बंधन में

बांधे रखना तुम ।

कभी हमें छोड़ ना जाना तुम

साथ देना हमेशा तुम ।।

इश्क़ का रंग

मैं तुम्हारे बंधन में
बंधना चाहता हूं
मैं तुम्हारे रंग में
रंगना चाहता हूं
मैं तुम्हारे प्यार में
पड़ना चाहता हूं।
मैं तुम्हारे माथे को चूमना चाहता हूं
मैं तुम्हारे हृदय में
रहना चाहता हूं
मैं तुम्हारे प्रेम में
प्रीत चाहता हूं।
मैं तुम्हारे नेत्रों में
बसना चाहता हूं
मैं तुम्हारे मन का
मीत बनना चाहता हूं
मैं तुम्हारे इश्क में पड़ना चाहता हूं।

बंदिशे

प्यार में मज़ा तब आता है,
जब इसमें बंदिशें हो,
कुछ साजिशें भी हो....
खाली प्यार,
बिना किसी रुकावट के,
कहां एक खूबसूरत प्यार की कहानी बन पाती है...॥
प्यार में मिलने की उत्सुकता,
और ना मिल पाने की खालिश,
शायद प्यार को और भी गहरा कर देता है...॥
प्यार में आशिक आशिकाना हो जाता है,
गली का आवारा अनाथ कुत्ता
पागल, दीवाना हो जाता है....
पर प्यार तो प्यार ही है,
यह दिल कहां कुछ मानता है,
सारी बल्लियां को पार कर के भी
ये दिल प्यार कर बैठता है...
तमाम उलझनों के बावजूद भी
ये बेरहम दिल प्यार करना नही छोड़ता है...
बहुत सारी परेशानियों के बावजूद भी,
प्यार की तिशनगी कहां कम होती है...॥
ये प्यार बस प्यार कर के ही मानती है....

तुम आई नहीं

प्यार में इंसान क्या क्या कर बैठता है ना...???
मैं तुम्हारा इंतजार कर रहा था,
लेकिन तुम आई नही...
तालाब किनारे,
कमल के फूलों को देख के,
अपना चित्त बहला रहा था,
अकेला बैठा हुआ था,
तुम्हारी राह देख रहा था..
पूर्णमासी की चांद को
टकटकी लगाए ताक रहा था,
पर तुम आई नही...
वादा किया था तुमने,
सारे बल्लियों को तोड़ कर ,
मिलने आज आओगी मुझसे...
सारी बाधाओं को पार कर,
मिलने आओगी तुम आज मुझसे...
पर तुम आई नही.....
तुम्हारे इंतेज़ार में घड़ी भी बूढ़ी हो गई,
थक के बंद हो गई,
पर तुम आई नही...
पर तुम आई नही...

आज फिर से तुमसे मिला

बरसों बाद जो आज मैं
फिर से तुमसे मिला,
तो मानों वक्त वही थम गया,
वक्त की सुई रुक गई,
और वो फिर से जवान हो गई....
आज जब फिर से तुमसे मिला,
वही पुराना लम्हा,
फिर से मेरे आंखों के सामने आ गया...
वहीं तालाब,
बत्तख और कमल के फूल
पूर्णिमा की चांद,
मेरे सामने जीवन्त हो गई...
आज जब फिर से तुमसे मिला,
वहीं पुरानी लकड़ी की अलमारी से,
एक फटी पुरानी डायरी से एक...
आधा दीमक खाया हुआ,
कागज नीचे गिर गया...
हमारा पहला प्रेम पत्र
आज मैने फिर से पढना चाहा...
उस कागज पे आज भी

हमारी मोहब्बत की
स्याही ज्यों की त्यों है....
"काली प्रेम की स्याही"
आज जो मैं तुमसे मिला,
तो वहीं पुरानी प्रेम कहानी का
सिनेमा आंखों के सामने चलने लगा...
मैं फिर से २३ बरस का लड़का हो गया,
और
तुम वही पुरानी
२० बरस की मेरी
"महबूबा"

मिलन

आज दोबारा मिलन का मौसम आया,
तुम्हारी मेरी बातों का फितरत आया..।।
तुम पीली सलवार कमीज में बसंत ऋतु जैसी ग़मक रही थी,
और मुझसे धीरे से कह रही थी,
" चूम लो मेरे होंठों को,
ले लो मुझे आगोश में अपने,
मैं बस तुम्हारा होना चाहती हूं "
मैं उस पल को अपने आंखों के कैमरे से कैद कर लेना चाहता हूं ,
अपने दिल में सहेज के उसे ताला बंद कर लेना चाहता हूं ।।
कमबख्त,
ये दिल इतनी तेजी से धड़क रहा है,
क्या तुमने भी सुना हैं,
मेरी धड़कनों की आवाज़ ...
क्या तुमने भी कभी एहसास किया है,
मेरी इश्क़ की रूहानियत का असर...
क्या तुमने भी कभी सोचा है,
हमारे मोहब्बत का अंजाम??

जनवरी की बरसात

आज जब तुमसे मिला,
ऐसा लगा मानो
जनवरी में बरसात हो गई...
ऐसा नही है कि
हम पहले कभी नही मिले थे...।।
हम रोज़ हर रोज़ मिलते है,
पर आज,
आज उस मिलन में कुछ खास था।
सावन का एहसास था,
सर्दी की गर्माहट थी,
फूलों की खुशब थी,
और बड़े बड़े शायरों की शायरी थी,
और ढेर सारा इश्क़ था...।।
तुम आज बड़ी अच्छी लग रही थी,
नीली सारी में इस नीला आसमान के नीचे,
एक पड़ी लग रही थी,
बडी सुंदर लग रही थी,
इतनी सुंदर कि शब्दों में कैद करना मुश्किल हो गया...।।
हम आज मिले और
उस लम्हें में,
बस इश्क़ को जीते रहे...

इज़हार

उसने आज चिकन की सादी कुर्ती पहन रखी थी।

बाल अधखुले,

जिसकी लट बार बार

उसके कपोलों को छू रही थी।

कानों में बड़ी बड़ी कानों के झुमके डोल रही थी

और उसके साथ मेरा दिल भी डोल रहा था।

माथे पे एक छोटी सी काली बिंदी

अर्धचन्द्रमा की तरह चमक रही थी....

और उस बिंदी पे

मेरी निगाहें बार बार ठहर जा रही थी।

हाथों में रंग बिरंगे दर्जन भर चूड़ियां पहन रखी थी,

और खन खन की आवाज़

मेरे कानों को संतुष्ट कर रही थी।

लबों पे हल्की गुलाबी लाली लगी हुई थी,

जैसे चूमने को दिल

बार बार बेकरार हो रहा था।।

उसके कुर्ते के ऊपर की दो खुले बटन,

उसके वक्ष को दिखा रही थी,

और मैं उसे देख के

बार बार झेंप जा रहा था..

यह सब मैं अपने खयालों में बुन रहा था,

और अचानक मेरे मुंह से निकल गया...

"मैं तुमसे बहुत इश्क़ करता हूं"

कमबख्त इश्क़

आज सालों बाद उससे मिला,
उसी लड़की से फिर मिला,
जिससे मैं कभी प्यार करता था..
पर तब और आज में बहुत फासला है..
तब वो मुझसे शायद प्यार करती थी,
और मैं उससे इश्क़ करता था।
कोई बेतकल्लुफी नही थी हमारे बीच।
पर आज एक संकोच है।
उसका नाम सुना,
फिर देखा...
और देखते रह गया...
और एक बार फिर से
"कमबख्त इश्क़"
कर बैठा...
बदल चुकी है वो,
हंसती हैं,
पर अब वो बात नही है...
आँखें अब भी बोलती है,
पर मेरा नाम भूल चुकी है।
धड़कनें अब भी चलती है,

पर उन पर मेरा नाम नही हैं।।

वो मुझसे प्यार करती थी,

और

मैं उससे इश्क़...

मैं आज भी उससे इश्क़ करता हूं .....

चल कहीं दूर चलते है

चल कहीं दूर चलते है
चल कहीं दूर बैठते है
हाथों में हाथ लिए
एक दूसरे का साथ लिए ज़िंदगी का सौगात लिए
कहीं दूर चलते है
जहां सिर्फ खामोशी हो और
उस खामोशी में बातें
सिर्फ हमारी हो...
कहीं दूर बैठते है
इस दुनिया की भीड़ से कहीं दूर
और
एक दूसरे के आंखों को पढते है
चलो उस क्षण को हम जीते है
वो क्षण जो सिर्फ हमारा है
वो प्रेम से परिपूर्ण क्षण हो... ॥

एक लड़का और एक लड़की

एक लडका था, दीवाना सा,

अल्हड़ सा..

एक दिन उसने एक लडकी को देखा...

शालीन, सुशील, सुंदर...

संस्कारों से लिपटा बदन...

लड़के ने देखा

और उसे देखता रह गया..

वो उससे इश्क़ कर बैठा...

और वो अल्हड़ लडका

अब समझदार हो गया...

दुनियादारी को समझने लगा..

इश्क़ को रब मानने लगा,

और उस लड़की के सामने

अब अकड़ कर नही,

अपनी आँखें नीचे कर के चलना लगा।।

ओस की बूंद

ओस से सनी फूलों की पंखुड़ियां..
पीली सरसों के फूल...
जिससे कुछ बूंदें टपक रही है
जमीन पे
धरा की प्यास बुझा रही
आज फूलों से टपकती ये
ओस की बूंदें..
ये बूंदें कुछ और नही,
भोर की ओस है,
जो रात भर आसमा से
टपकती रही,
और फूलों पे बिखड़ती रही..
फूल से मिल के अपना
सब कुछ भूल के,
फूल के प्रेम में मचलती रही...
बिना ये उम्मीद के की
फूल भी उसे स्वीकार करेगा या नहीं।।
फूल भी आखिरकार
उसे धरा पे गिरने के लिए छोड दी..
फूल ने छोड़ा
और धरा ने उसे स्वीकारा..

ओस ने फूल से प्रेम किया

और धरा ने ओस से...

बिना किसी उम्मीद के

ये जानते हुए भी

की ओस सिर्फ फूल से प्रेम करता है।।

हसीन ख़्वाब

आज एक ख्वाब देखा,

एक हसीन ख़्वाब..

उस ख्वाब में तुम्हें अपना देखा...

इतना अपना

जितना की कोई हो सके...

मैं बिस्तर पे तन्हा लेटा था,

चलते हुए पंखे को देख रहा था,

कुछ नज़्में दिमाग़ में बुन रहा था,

अपनी परछाई को घूर रहा था।।

अचानक से दरवाज़ा खुला,

सर्र सर्र

की आवाज़ आई,

एक रौशनी

हां मद्धम सी रौशनी

उस दरवाज़े के ओट से आ रही थी।।

मैं उठ बैठा,

हैरान परेशान हो के

उस रौशनी को देख रहा था,

शायद वो चांद था

जो अपनी चांदनी बिखेड़ रहा था।।

छन छन छन

की आवाज़ आई...

ये कौन आया..??

सुने कमरे में कौन आया..??

इतने दशक बाद

मुझसे मिलने कौन आया..??

उस रौशनी को चीरते हुए

तुम मेरे आंखों के सामने आई,

मेरे हाथों को थामा,

थोड़ा मुस्कुराया,

मैं सहमा था,

और तुम बड़ी आराम से

मेरे दिल पे अपना हाथ रख कर

मेरी धड़कनों को महसूस कर रही थी।।

मेरी धड़कने

तेज बहुत तेज चल रही थी,

तुमने मेरे आंखों को

अपने गिले होंठों से छुआ ,

मुझे गले लगा के मेरे कानों में कुछ बोला...

मैं शांत पड़ा रहा...

तुमने अपने हाथों को मेरे हाथों से उलझा दिया,

मेरे सांसों को महसूस

कर थोड़ा प्यार दिया।।

तुम्हारी दुपट्टे का पल्लू
मेरे मुख पर आ रही थी,
हवा का झोंका
आज खिड़की से
बार बार आ रही थी।।
तुम्हारी पल्लू में मैने
अपना हाल देखा,
उस पल्लू को पकड़ के
मैने अपना तुम्हे जाने से रोक दिया।।
तुम उठ रही थी,
मैने पीछे से तुम्हारा हाथ थामा,
और अपनी तरफ खींच लिया।।
तुम शरमा के अपनी
आँखें नीचे कर ली
और मैं तुम्हे देखता रह गई,
सरद रातों में
एक गरम कम्बल में
हमने पूरी रात बिताई,
करवटें लेते रहे,
आगोश में आते रहे...
तुम मेरे बगल
मैं तुम्हारे बगल में,

ये ख्वाब को सच मानता रहा...

सुबह आँखें खुली जब मेरी,

बिस्तर के सिलवटों में

मैने तुम्हारा एहसास पाया,

आईने पे तुम्हारा एक लाल बिंदी पाया,

तुमने जाते जाते अपने लबों से

मुझे एक निशानी दे दी,

मेने सुबह

अपने गालों पे वो लाल निशान पाया।।

तुम आई थी,

क्या सच में आई थी...??

या फिर ये मेरा कोई हसीन ख़्वाब है...

जिसमें मैने तुम्हे पाया था...

जैसे ख्वाब को मैने एक रात जिया था...

मेरी प्रिय के लिए

तुम्हारा होना मुझे मुक्कमल करता है..

इस भीड़ में तुम्हारा हाथ थामना,

एक एहसास दिलाता है...

एहसास...

अपनेपन का,

प्रेम का...

तुम्हारा होना मुझे मेरा होना लगता है..

तुम्हारा होना बेहद जरूरी लगता है।।

मैं इस श्रृंखला का अंतिम कविता अपने नाना और नानी के प्रेम कहानी को समर्पित करता हूं .....

मोहब्बत की रवानी है

एक प्रेम कहानी है...

“गजेंद्र और प्रभा”

की अमर कहानी है...।।

एक दूसरे की जान है

इश्क भी बबेइंतहा है..।।

प्रभा थी शिक्षिका गांव की...

गजेंद्र है महात्मा ग्राम के...

प्रभा थी

“खाने पीने”,

“घूमने फिरने”

की शौकीन,

गजेंद्र को है खेल की आशिकी...।।

दोनो का भरा पूरा परिवार है...

प्यार भी बेशुमार है..।।

तीन बच्चों के मां बाप है...

कुकू, राजीव और राजेश है...

प्रभा रखती थी गजेंद्र के

मान सम्मान का खयाल,

बेरोजगारी का ना होने देती थी कभी भी कोई एहसास...

दोनो का साथ था

"दो हंसों का जोड़ा"

बच्चे भी है इनके आंखों का तारा...

१० जनवरी का निष्ठुर दिन था...

ठंड भी कराकेदार था..।।

जब प्रभा गजेंद्र के बाहों में

अपनी अंतिम सांसें ले रही थी,

गजेंद्र को ना छोड़ रही थी..।।

बोली,

" नजरों से दूर जाओगे"

"तो मैं भी चली जाऊंगी..."

हुआ वही जो होना था..।।

गजेंद्र के बाहों में

उसने दम अपना तोड़ा था..।।

जाते जाते बोल गई वो एक बात,
"कभी खाली ना होंगे आपके हाथ...।।"
घर बार आपका भरा रहेगा।।
खुशियों से जगमगाता रहेगा।।
सच रही प्रभा की बातें,
गजेंद्र को सताती है अब उसकी यादें...
अब भी नम पड़ जाती है
गजेंद्र की आँखें
जब करता है वो
"प्रभा" की बातें...
जब तक रही प्रभा,
तब तक हंसती खिलखिलाती रही,
अब नही है प्रभा तो भी
"उसकी याद मुसकुराती फिर रही ..."
प्रेम करना तो कोई इनसे सीखें...
"पति पत्नी"
क्या होते है कोई इनसे जाने...
नमन है इनके प्रेम को...
नमन है इन जोड़ों को..
ये प्रेम कहानी है हमारे
"नाना और नानी" की
ये अमर प्रेम कहानी है
उनकी रवानी की....

पुस्तक परिचय

यह कविता संग्रह इश्क़ के हर लम्हे को दर्शाती है। किताब में इश्क़ का हर पल, जिसे कोई जीना चाहता हो उसके बारे में लिखा हैं।

"एक प्याली इश्क़"

इश्क़ की एक खूबसूरत यात्रा हैं। यह किताब एक सोच है, एक इश्क़ की प्याली है जिसे पी कर दिल झूम जाता है।।

श्री कृष्ण और राधा रानी ने हमें प्रेम करना सिखाया, ना मिलते हुए भी एक दूसरे को प्रेम और सम्मान करना सिखाया।

इश्क़ में फकत पाना नहीं बल्कि खो के पाना है..।।

इश्क़ बलिदान है, इश्क़ सबकुछ है।।

"तेरे इश्क़ में फ़ना हुआ,

कुछ हासिल ना हो के भी

ये जहां मिला..."

लेखक परिचय

मेरा नाम विवेक कुमार सिंह है, मैं बिहार राज्य के एक छोटे से शहर सहरसा जिला के एक छोटे से गांव रकिया का निवासी हूं , मैने अपना स्नातक Calcutta University से किया है।

जवानी में जब कदम रखा तब शायरी और छोटी छोटी कविताओं को लिखने का रुझान हो गया।

किसी ने खूब कहा है कि, "जो आप बनाना चाहते हो उसकी यात्रा बहुत पहले से शुरू हो जाती है।"

मैं शौकिया तौर पे लिखना शुरू किया और धीरे धीरे ये शौक मेरे जीवन का अहम हिस्सा बन गया।

छोटी मोटी शायरी और कविता लिखते लिखते ना जाने कब मैने ये कविता संग्रह पे पूरी किताब लिख डाली पता नही चला।

वक्त बीतते गया, कुछ छूटा, कुछ पाया..जब बीमार पड़ा तो सारे रिश्ते नाते बिखरने लगे, नौकरी चली गई और मैं अस्पताल के बिस्तर पर सोचने लगा और उस सोच को मैं लिखने लगा, कविताएं बुनने लगा।

यह मेरी पहली किताब है, जिसमें मैने अपने इश्क़ का हर वो पल लिखा जिसे मैने जीना चाहा।

ये वो पंक्तियां हैं, जो मेरी इश्क़ को दर्शाती हैं...

"जब थक जाऊ, लिखना बंद कर दूं , तो समझ जाना मेरी कलम की स्याही खत्म हो गई..."

www.ingramcontent.com/pod-product-compliance
Lightning Source LLC
LaVergne TN
LVHW050855051026
849532LV00006BA/2256
* 9 7 8 9 3 6 4 3 1 5 4 3 2 *